# 用心棒稼業

会津武士道 7

森 詠

時代小説

二見時代小説文庫

# 目次

『会津士魂』の早乙女貢氏に捧ぐ

# 用心棒稼業——会津《あいづ》武士道7

『用心棒稼業——会津《あいづ》武士道7』の主な登場人物

望月《もちづき》(相良《さがら》)龍之介《りゅうのすけ》……会津藩を脱藩し相良を名乗る若き侍。江戸に出て父と兄の死の謎を追うが……。

鮫吉《さめきち》……会津掬水組《きくすいぐみ》の親分。江戸の深川《ふかがわ》に拠点を持ち龍之介を助ける。

久兵衛《きゅうべえ》……扇屋《おうぎや》の主人。元は加賀藩御用所密事頭取《かがはんごようしよみつじとうどり》。

一乗寺昌輔《いちじょうじまさすけ》……会津藩家老、一乗寺常勝《つねかつ》の実弟。英国領事ジョンソンと共謀し不正を働く。

与吉《よきち》……狐を思わせる顔付きの扇屋の番頭。

お嶺様《みねさま》……隠居して回向院《えこういん》裏手の仕舞屋に住む、元秋田藩《あきたはん》大奥の上老女《かみ》。

美帆《みほ》……お嶺様と寝食を共にしてお世話をしている御女中。

光《みつ》……美帆とともにお嶺様のお世話をしている。

五月《さつき》……秋田藩邸の大奥でお嶺様の下で働いていた御女中。

お厘《りん》……宿下がりを命じられた後にコロリで死んでいた、お嶺様の配下だった御女中。

楓《かえで》……お嶺様に命じられ宿下がりをした後に、許婚《いいなずけ》の藩士、真田貴祐《さなだたかひろ》と結ばれた。

美紀《みき》……御上のお手がつくのを避け宿下がりをするが、その後辛酸を舐めた呉服屋の娘。

原野大膳《はらのだいぜん》……藩を揺るがす陰謀を企む、秋田藩の家老。

赤原殿之介《あかはらでんのすけ》……扇屋から用心棒の仕事を回してもらっている腕の立つ浪人。

虎石主水《とらいしもんど》……原野大膳一派の大番頭と目される秋田藩の中老。

# 第一章　素浪人相良龍之介《さがらりゅうのすけ》

## 一

雪が薄く積もり、深川《ふかがわ》の街を白く染め上げていた。春三月三日の雛祭りだというのに、冬が戻っていた。

手足の指が凍《こご》えて痛む。行く道には雪の上に無数の足跡がついている。会津《あいづ》のさらさらした雪と違い、江戸の雪は水気が多い。積もっても、すぐに凍り付いてざらざらになる。雪駄《せった》の尻鉄《しりかね》が路面の氷を踏む度《たび》に、ちゃらちゃらと音を立てた。

龍之介《りゅうのすけ》は道の途中で立ち止まり、近くに人がいないのを確かめ、番傘をくるくると回して、傘に積もった雪を振り落とした。

小名木川《おなぎがわ》沿いの道の二つ目の路地を入ると、鮫吉《さめきち》親分がいった通り、「扇屋《おうぎや》」の看板があった。極太の筆で「扇屋」と大胆に書かれている。

表の稼業は「扇屋」だが、裏で深川に遊びに来た客相手に、銭両替、金貸しも営業している。鮫吉によれば、口入れ屋もやっているらしいという。らしいというのは、公に認められた営業ではないからだろう。口入れ屋は仕事の周旋《しゅうせん》や奉公先を斡旋《あっせん》してくれる商売だ。

「扇屋」の雨障子《あましょうじ》戸は、きちんと閉められていた。扇屋の左隣は桶屋で、閉じられた油障子戸越しに甲高い木槌《きづち》の音が聞こえた。

右隣は小料理屋だが、まだ昼前の早い時刻なので、戸口に暖簾《のれん》も掛かっていない。厨房の方から、ほんのりと煮物の匂いが漂ってくる。開店までまだ間《ま》があるのだろう。

近くの芸者置き屋の二階から、三味線《しゃみせん》を爪弾く音と小粋な長唄が聞こえてくる。芸者見習いが歌の稽古をしている。

龍之介は左手を懐《ふところ》にし、右手で番傘の柄《え》を傾けて、ちらりと空を仰いだ。鼠《ねずみ》色をした雪雲がどんよりと垂れ込めている。さっきまで降っていた雪は、いまはやんでいる。

番傘の雪を払い落とし、傘を畳んだ。

急に路地裏から子どもたちの歓声が起こった。龍之介の脇を子どもの一団が雪を跳ね上げながら駆け抜けた。少し遅れて赤いチャンチャンコを着た女の子が泣きながら、「お兄ちゃん」と叫んだ。お兄ちゃんらしい男の子が走るのをやめて振り向いた。

「サチ、早く来い」

お兄ちゃんは女の子が追い付くのを待っていた。

龍之介は会津の子どもたちを思い出した。昔の記憶だった。同じような光景を見た覚えがある。ため息をついた。

扇屋の雨障子戸に手をかけたまま開けるのをためらった。だが、明日から、いや今日から糊口《ここう》を凌《しの》ぐために、なんとしても仕事をしなければならない。思い切って雨障子戸を引き開けた。雨障子戸は軽く開き、龍之介は拍子抜けした。

店先には、人の姿がなかった。

大声で訪《おとな》いを告げると、奥から「はーい、ただいま」という若い女の声がした。

店は暖気に包まれていた。火鉢に置かれた鉄瓶が湯気を立て、ちんちんと音を立てていた。炭火が穏やかに部屋の空気を暖めている。外の冷気が開いた戸口から店の中に流れ込んで来た。龍之介は慌てて雨障子戸を閉めた。

店先には三和土《たたき》の土間があり、上がり框《かまち》があった。一段上がった板の間に商品の棚があった。色とりどりの扇が平棚に並べられていた。正面の仕切り壁にも、紅色や紫色、黄金色、さまざまな意匠《いしょう》を凝らした扇が飾られている。仕切り壁の向こう側は扇造りの工房らしい。

板の間の左手に帳場があり、低い柵で仕切られている。柵の間から座り机が見えた。火鉢と座布団があったが、人の姿はない。机の上に大型の算盤《そろばん》や帳簿が、きちんと並べて置かれている。

帳場の背後に大きな屏風《びょうぶ》があり、太くて長い尾を立てた猛虎《もうこ》が描かれていた。

「お待たせしました。お客様、いらっしゃいませ」

屏風の陰から、若い娘の笑顔が現われた。歳は十六か十七と見え、唇から洩れた白い歯並びが綺麗だった。小袖に白い襷《たすき》を掛けている。頭に紺絞りの手拭いを姉さん被りしている。布片《ぬのきれ》の叩《はた》きを手にしていた。

娘は龍之介を見ると、さっと頭の手拭いを取った。手に持った叩きを背に隠した。

「こちらでは口入れ屋もなさっていると伺ったのだが」

「はい……いえ、そのう……」

娘は、どちらともつかぬ返事をし、言い淀んだ。どうやら口入れ屋は、あまり表に出さぬ内緒の稼業ということらしい。

「どちら様でございましょう」

　娘は大きな黒い瞳で、まじまじと龍之介を見つめた。

「お杉《すぎ》、どなたか、ご注文の品を受け取りにいらしたのですか」

　奥から大人びた女の声が聞こえた。

「いいえ。……別の御用のお客さまです」

　娘はおずおずと答えた。

「番頭さんは？」

　娘は帳場にちらっと目をやった。

「お出かけです」

「仕方ないわねえ」

　廊下の奥から衣擦《きぬず》れと足音がしたかと思うと、女将《おかみ》らしい女が現われた。

　女将も龍之介を見ると、姉さん被りにしていた手拭いを取り、板の間に座った。それを見た娘は慌てて女将の脇に並んで座った。

「娘が不作法で、失礼いたしました。お武家様はどちらさまにございますか」

　女将はお杉と呼ばれた娘と、そっくりの瓜実顔《うりざねがお》に大きな目をしていた。

「それがし、望月《もちづき》……、いや相良《さがら》龍之介と申す者にござる」

　龍之介は、二晩寝ずに考えた偽名を名乗った。本日から、俺は相良龍之介だ。決して間違えるな。

女将は龍之介をまじまじと見た。

「引出物のご注文ですか。このところ、いい扇が入荷しておりますのよ」

「いえ。扇ではありません」

「では、御両替ですね」

「いえ、両替でもありません」

女将は微笑《ほほえ》んだ。龍之介が、これから遊廓に遊びにでも行くと踏んだのだろう。

「では、御立て替えですね。いくら、ご用意しましょうかね」

娘は露骨に嫌な顔をして、顔を背《そむ》けた。

龍之介は頭を掻いた。

「こちらでは、口入れ屋をなさっている、とお聞きしたのですが」

女将は一瞬、娘と顔を見合わせた。

「うちの店は扇を扱うのが本業にございます。口入れ屋などは……」

「両替屋や札差《ふださし》もなさっておられると」

「はい。懇意のお客様、あるいは信用できそうな方に限ってですが、お客様がわざわざ浅草《あさくさ》まで行かずとも、こちらでお金のご用立てをしたり、多少のお金の両替をしたりしております。ですが、口入れ屋はしておりませぬ」

龍之介は鮫吉から聞いた話とだいぶ違うので、どうしたものか、と思った。

女将と娘はキッと唇を真一文字に結び、龍之介を睨んでいる。やっていないものはやっていない、と二人の顔はいっていた。

「さようでござるか」

龍之介は思わず大きなため息をついた。

二人揃って口入れ屋はしていない、という以上、ここで押し問答しても仕方がない。

「失礼仕《つかまつ》った。では、御免」

龍之介は深々と二人に頭を下げ、踵《きびす》を返した。二人に背を向け、雨障子戸に手をかけた。

「………」

背後で女将と娘が何事か囁き合っていた。

雨障子戸は先刻よりも重く、すぐには開かなかった。力を込めて引き戸を開いた。外戸が開くと、どっと外の冷たい空気が入って来た。首に巻いた襟巻を巻き直し、外に雪駄を踏み出した。

「お武家様、少々、お待ちください」

「は?」

龍之介は後ろを振り向いた。

女将が微笑んでいた。娘も同じ顔で微笑んでいた。

「何か、ご事情がおありなのでしょう?」

「はい」

龍之介は正直にうなずいた。

脱藩する以上、三田《みた》藩邸に居座るわけにもいかず、身の回りの荷を手に、まずは藩邸を出た。とりあえず頼る先は会津掬水組《きくすいぐみ》の鮫吉親分しかない。深川の組の屯所《とんしょ》に転がり込んだ。そこで、鮫吉親分の好意に甘えて、何日か居候《いそうろう》をしていたが、いつまでも、ただ飯を食い、働きもせずにいるわけにはいかない。

いつかは会津掬水組が龍之介を匿《かくま》っていることが藩に知られることになり、鮫吉親分たちに迷惑をかける。

それに懐の財布には十文《もん》あるかないかだ。

「戸をお閉めになって」

「あ、はい」

龍之介は、慌てて雨障子戸を閉めた。

女将は龍之介にいった。

「いま旦那様をお呼びします。旦那様に相談してみてください」

女将は娘に向き直った。

「お杉、お父様をお呼びして」

「はい」

娘は素直に立ち上がり、廊下の奥へ小走りに戻って行った。女将は平棚の扇に手をやった。

「先ほど、口入れ屋はしていないと申し上げましたが、旦那様は仕事がなくて困っている人を助けることはやっています。ただし、あくまで内密なことで、人宿《ひとやど》（口入れ屋）の札は持っていません。ですから、旦那様の道楽のようなものですので、そのことはお含みおきください」

「分かりました」

龍之介は大きくうなずいた。

女将はしげしげと龍之介を上から下まで見回した。

「お見受けしたところ、講武所《こうぶしょ》通いのお武家様かと思いましたが」

女将は龍之介の頭髪の月代《さかやき》に目をやった。龍之介は頭に手をやった。先日髪結いで月代の手入れをし、髪を剃ったばかりだ。髪結いは、いま若侍に流行《はや》っている講武所刈りに髪を整えてくれていた。

「はい。しかし、講武所通いも辞めました」

「まあ。どうしてですか？」

女将は驚いた。

「脱藩したからです」

脱藩するとともに、講武所通いの学生の身分も消えた。いまでは、本当に無職無役の素浪人だった。

「脱藩なすったのですか？」

女将は信じられないという顔でいった。

「はい。それで、いまは素浪人です。藩からの扶持《ふち》も給与もないので、こちらをお訪ねしたのです。何か仕事はないか、と」

女将は優しい目で龍之介を見た。

「お武家様は、お若いし、身綺麗になさっていて、風体《ふうてい》からは、とても仕事をお探しになられている浪人とは見えません。それで娘も口入れ屋と聞いて驚いたのでしょう」

おそらく「口入れ屋」を訪ねる侍は、その日の暮らしにも困る素浪人が多く、身仕度も貧乏で、薄汚れた風体をしているのだろう。

「私の末の弟が、あなた様くらいの歳の時に……」

女将は一瞬、言葉が詰まった。

女将の弟の身に何か不幸があったのだな、と龍之介は察した。

女将はすぐに思い直したようにいった。

「そんな冷たい三和土に居たら、軀《からだ》が冷えましょう。ともかく、こちらにお上がりなさって。すぐに旦那様が参りますので。さあさ」

女将は膝立ちになり、三和土に立っている龍之介を板の間に上がるように促した。

女将は龍之介の濡れた足袋《たび》に気付き、大声で下女を呼んだ。女将は下女にお湯を運んで来るようにいった。

「まあ、外は雪でしたものねえ。さぞ、冷たかったことでしょう」

「いや、このくらいの雪は平気です」

痩せ我慢ではなかった。雪深い、冬の会津での暮らしでは、素足のまま下駄《げた》で雪道を歩いていた。それに比べれば、江戸の冬は、それほど寒くはない。

龍之介は上がり框に腰を下ろした。袴《はかま》の布越しに、尻にひんやりと冷たい感触があった。

女将は身軽に三和土に下り、駒下駄《こまげた》を突っかけると、龍之介の足元にしゃがんだ。濡れた足袋を脱がしにかかる。

「あ、それがしが自分で」

その間にも、女将は強引に龍之介の足袋を両足から脱がせていた。女将の温かい両手が冷えた龍之介の足を優しく包んだ。

「まあ、こんなに冷たくなって。霜焼《しもや》けになってしまいますよ」

「これしきの……大丈夫でござる」

龍之介は恐縮した。下女が湯を入れた桶を運んで来た。女将は、その桶を奪うように取り、龍之介の足元に置いた。すぐに両方の素足を湯に浸けた。

「温ったかい」

龍之介は思わず声を洩らした。女将が冷えた足を両手でごしごしと擦《こす》った。龍之介は、母のことを思い出した。子どものころ、雪の原で遊び疲れて、家に戻って来ると、母が温かい湯を用意してくれていた。

「申し訳ない。御新造《ごしんぞう》さんにこんなことまでしていただいて……」

女将はきょとんとしたが、すぐに照れたように笑った。

「まあ、御新造ねえ。そんな風に呼ばれるのは、久しぶりだわ」

「あっ、失礼しました。では、なんとお呼びしたらいいのですか?」

「女将って呼んでください。みなさん、私を女将と呼んでいます」

女将は顔に笑みを浮かべながら、乾いた手拭いで手早く龍之介の濡れた足を拭った。

「さあさ、お上がりになって」

「かたじけない。女将さんのお手を汚させてしまい、まことに申し訳ない」

龍之介は女将に頭を下げ、板の間に上がった。

廊下を歩く人の気配がした。

振り向くと、小柄だが腕の太いがっしりした体軀の男が、娘を従えて現われた。

「お待たせしました。わたしがこの店の主、扇屋久兵衛《きゆうべえ》です」

「お初にお目にかかります」

龍之介は袴の裾を払い、板の床に正座した。腰から抜いた大刀を、さっと背後に置いた。敵意がない証だ。

「それがし、相良龍之介と申します。どうぞお見知りおきくださいますよう」

龍之介は両手をつき、ちらりと扇屋久兵衛を見上げて一瞥《いちべつ》し、頭を下げた。

久兵衛の頭は総髪。医者のように、髪をひっつめに後ろに回し、束ねて髷《まげ》を結んでいる。顎鬚《ひげ》と、丸顔の両頬にびっしりと黒髯《くろ》を生やしている。大きな団子鼻が鎮座《ちんざ》し、鼻髭《はなひげ》を蓄《たくわ》えている。額には真横一文字に連なった濃い眉毛。その下に愛敬《あいきょう》のあるどんぐり眼《まなこ》が光っていた。

熊さんか。

龍之介は、心の中でつぶやいた。主人を一目見て、郷里磐梯《ばんだい》山中の熊を思い出した。髯面は一見厳《いか》ついが、獰猛《どうもう》な顔ではない。寒さ除けのため襟首に巻いた白い布が、喉元に白い三日月模様の毛を生やした月の輪熊を連想させたのだ。

「まあまあ、そう硬くならずに、気楽になさってください」

久兵衛は帳場の座布団にどっかりと座り、手かざしの火鉢を引き寄せ、龍之介の前に置いた。

「お杉、お客様に座布団をお出ししなさい」

「は、はい」

茫然《ぼうぜん》としていた娘は、我に返り急いで廊下に戻ると、隣の部屋から座布団を運んで来た。

「どうぞ」

娘は座布団をそっと龍之介の前に差し出した。

「かたじけない」

龍之介は娘に頭を下げた。なぜか、頰が火照《ほて》って仕方がない。

娘は微笑んで、うなずき返した。龍之介は座布団に正座した。冷えた板の床と違ってすぐに温まる。旦那は女将にいった。

「お結《ゆい》、お茶と菓子を用意して」

「はい。旦那様」

お結と呼ばれた女将は頷き、傍《かたわ》らに座っている娘に、一緒に行きましょうと目配せした。娘は不満げに頰を膨らませたが、しぶしぶと母親のあとについて廊下の奥へ姿を消した。

熊さんは娘の様子ににやにやと笑った。

「まだ子どもだと思っていたが、娘もだいぶ大人になったものです」

「はあ」

龍之介は意味が分からず、きょとんとした。

熊さんは目を細め、あらためていった。

「相良様は、どなたの紹介で、うちにお越しになられたのですかな」

「鮫吉親分です」

鮫吉は自分の名を出せば、扇屋はきっと信用してくれるはずだ、といっていた。

「さようですか。会津揃水組の鮫吉親分さんには、何かとご贔屓《ひいき》にしていただいておりましてな」

煙草盆を引き寄せ、長ギセルを取り出すと、太い指で、ゆっくりと火皿に莨《たばこ》を詰め出した。

武骨で太い指の手だった。商いをしている手ではない。

「それで、相良様は、どちらの御家中ですかな?」

「故あって脱藩しました。いまは天下の素浪人でござる」

龍之介は胸を張っていった。一度は、天下の素浪人と名乗ってみたかった。

久兵衛は長ギセルを伸ばし、火鉢の炭火に火皿を押しつけ、すぱすぱと煙を吸った。

「脱藩なさった? さようですか。この御時世、西も東も若い人の脱藩騒ぎが多うございますな。それほど藩に縛られるのが、窮屈で仕方がないのですかねえ。昔は、侍はこぞって、どこかの藩に召し抱えられるのを狙っていたものですがねえ。寄らば大樹の陰とばかりに」

「…………」

龍之介は黙っていた。

「相良様も藩に縛られるのを嫌って、脱藩なすった口ですかな？」

「いえ。それがしの場合は、いささか事情が違います」

「事情が違う？　どういうことで脱藩なさったのです？」

「……申し上げることはできかねます」

　久兵衛はふむふむとうなずいた。

「何か人にはいえぬ事情がおありなのですね。では、相良様は、どちらの藩におられたのかは？」

「申し訳ありません。それも申し上げられません。いえば武士が廃《すた》ることになりますから」

　久兵衛は微笑んだ。

「そうですか。話せば、武士が廃るということならば、私もあえてお訊きしません」

　久兵衛はかすかに微笑んだ。長ギセルの莨を何度も吸い、莨の火が燃え尽きると、最後にキセルの首を火鉢の縁にぽんとあて、灰を火鉢の中に落とした。

「相良様は、口入れ屋だと思い、うちに御出《おい》でになった。でも、うちは口入れ屋を商売としてはやっておりません。あくまで、お困りの人のため、人助けとして、御上《おかみ》には内緒で仕事を紹介したり、人を斡旋しているのです。そこはご理解いただけましょうか」

「はい。つまり、内密のことなので、人には口外しない、ということですね」

久兵衛は穏やかな目付きでうなずいた。

「それでなくても、御上や口入れ屋の組合が、いろいろいってきて煩《うるさ》いのです。もし、御用の筋に、うちのことを訊かれても、何も知らないといってください」

「分かりました。実際、何も知らないので、訊かれても話せません」

久兵衛は笑った。

「いいでしょう。では、本題に入りましょう。相良様は、いったい、何にお困りなのですかな」

龍之介は姿勢を正して、久兵衛に顔を向けた。

二

龍之介は包み隠さずに窮状をいった。

「それがし、脱藩したはいいが、懐にはもう十文あるかなしかです。扇屋様になんとか仕事を斡旋していただき、働いてカネを稼がないと、明日にも飢え死にしかねない状態なので」

「鮫吉親分さんにお世話になれないのですか？」

「いままでは、鮫吉親分の組の屯所に居候させていただいていました。ですが、いつまでもそうしてはいられません。誰にも迷惑をかけず、一人自立して暮らしていかねば。それには、何か仕事について働こう。そう思いまして、こちらに伺った次第です」

扇屋久兵衛はあらたまった顔になった。

「いくつか、お尋ねします。答えられない、もしくは、答えたくないことには、答えないで結構です。いいですね」

「はい」

「お連れ合い、お子さんはいますか？」

「いえ。まだ独り身です」

「身元引受人は？」

「……。とりあえず、おりません」

身元引受人は、いないでもない。いざとなれば、西郷頼母《さいごうたのも》様の名前を出すしかないが、いまはまだ出さないでおこう。

「では、万が一の場合、誰に連絡を取ればいいのですか」

「……鮫吉親分にお願いします」

鮫吉の了解は取っていないが、きっと許してくれるだろう。

「重大な御法度《ごはっと》破りをしたことは？」

龍之介は言い淀んだ。御法度といっても、重罪から軽い罪までいろいろある。

「あります」

龍之介は正直にいった。

久兵衛はじろりと龍之介を見た。

「どのような？」

「脱藩です。脱藩は藩においては、重大な御法度破りですから」

久兵衛は目を細めて笑った。

「ほかに、人の道に反するようなご禁制を破ったことは？」

「…………」

龍之介は頭を掻いた。

「人の道に反するような禁制とは、どのようなことなのでしょうか？」

「たとえば、詐欺、盗み、火付け、強盗、強姦、人さらい、人殺し……」

龍之介は、人殺しと聞いたとたんに、右腕が震えはじめるのを覚えた。黙って左手で右腕を押さえた。

「それがし、士道に反する行為は、してこなかったつもりです」

龍之介は胸を張った。いったことに嘘偽《いつわ》りはない。たとえ、人を斬っても、士道に反してはいない。

ならぬことはならぬもの。

龍之介は胸の内で、子どものころから培《つちか》った会津士道の訓《おしえ》を繰り返していた。

久兵衛は、龍之介の目の奥を探るように見つめていた。龍之介も久兵衛の目から目を逸《そ》らさず見返した。

やがて、久兵衛は熊面《づら》の相好《そうごう》を崩してうなずいた。

「いいでしょう。相良様を信頼しましょう。あなたは士道に反することはしない侍だ、と」

龍之介はほっとした。久兵衛は続けた。

「こんな失礼なことをいろいろお訊きするのは、時節柄、いろいろな御浪人がおられますのでね。私としては、何よりも信頼が第一と考えています。信頼のできぬ人には、そう無闇に仕事を紹介できない」

龍之介は久兵衛が何をいいたいのか、耳を傾けた。

「いろいろなお考えの御浪人がおりましょう。尊皇攘夷《そんのうじょうい》を旨《むね》とする御方もいれば、開国佐幕《かいこくさばく》という御仁《ごじん》もおられる。かと思うと、ただの世過ぎ、口過ぎのため、ご自身や家族の糊口を凌ぐため、ともかくカネになる仕事がほしいという御方もおられます」

自分も、その口だな、と龍之介は心の中で思った。

「いろいろなお考え、お立場があって当然です。たとえ、お考えが違い、お立場が違っても、私は信頼できる人ならば、その人向きの仕事を考えて、ご紹介したり、斡旋いたします」

「その人向きの仕事といいますと」

久兵衛はにこっと髯面を歪めた。

「いくら信頼できる人だといっても、まさか尊皇攘夷の志士に、外国公館や異人の警護の仕事をご紹介するわけにはいきません。腕に自信のない人に用心棒をお願いするのは、酷というものでしょう」

久兵衛は、また長ギセルの火皿に莨を詰め込み、炭火にあてて煙を吹かした。

龍之介は正直にいった。

「それがしは尊皇攘夷でも、反尊皇攘夷でもござらぬ。ただ口過ぎのために仕事を紹介していただきたいだけでござる」

久兵衛は目を細めていった。

「相良様の話しぶりを聞いていると、だいぶお国訛《なま》りがございますな」

「……さようでござるか」

自分では江戸弁を話しているつもりだった。だが、やはり、どこかに会津訛りが出てしまうのか。

「推測しますに、相良様は奥州《おうしゅう》の出、それも会津か庄内《しょうない》あたり、とお見受けしましたが」

久兵衛は熊さんの顔を崩し、にんまりと笑った。

おそらく久兵衛は、龍之介が会津掬水組の鮫吉親分の紹介と聞いて、会津藩だと推測したのだろう。それも仕方あるまい、と龍之介は動揺を抑え、平静を装《よそお》った。

「ははは。お答えにならずとも結構です。奥州人は西国《さいごく》の人と違って、根が真面目。私は越後《えちご》の出です。だから、会津や庄内の人の性根がよく分かる。信頼できる人が多い」

「必ずしも、そうとはいえない人がおりますが」

龍之介は会津藩内の悪党、一乗寺《いちじようじ》常勝《つねかつ》・昌輔《まさすけ》兄弟の顔を思い浮かべた。ほかにも彼らに従うワルたちが大勢いる。

「相良様は、再度、どこかの藩に仕官されるお気持ちはありますかな?」

龍之介は笑った。

「ありません。脱藩して、ようやく檻《おり》の外に出て、自由の身になったのに、またどこかの藩の檻に戻るつもりはありません」

「それは、そうでしょうな。そうなると、お武家様の場合、仕事がだいぶ限られてきます。ところで、相良様は講武所に通ってらした。剣術の腕の方はいかほどですかな?」

「少々ですが、腕には自信があります」

「剣の流派は?」

「それは……」

龍之介は一瞬、答えに詰まった。

真正《しんせい》会津一刀流《いつとうりゆう》といえば、会津藩だと告白するようなものだ。真正会津一刀流は、会津藩の御留《おとめりゆう》流、隠し剣だ。

苦し紛れにいった。

「……講武所流です。講武所で習った剣法です」

「ははは。講武所流ですか。新しい流派ですな」

「さようでございます」

「まあ、いいでしょう。講武所通いの若侍の相良様らしくていい」

久兵衛は長ギセルの火皿にまた莨を詰めはじめた。

「お武家様にご紹介する仕事は、いろいろありますが、一番、求められる仕事として、用心棒があります」

「……用心棒でござるか？」

龍之介は、ふと薩摩《さつま》剣士高木剣五郎《たかぎけんごろう》こと竹野信兵衛《たけのしんべえ》を思い浮かべた。竹野信兵衛も薩摩藩を脱藩し、高木剣五郎に名を変えて用心棒稼業をしていた。竹野信兵衛は、いまの自分と同じように高木剣五郎の名で世間を渡っていた。高木は、どんな気持ちで用心棒をしていたのだろうか。

久兵衛は、龍之介が用心棒と聞いて、何か逡巡していると見たのか、慰めるような口調でいった。

「用心棒は、ちと危険ですが、それだけに、実入りが多いのです。しかも、腕に覚えのあるお武家様にはうってつけの仕事です」

久兵衛は長ギセルを火鉢の炭火に伸ばし、火皿を火にあてて、またすぱすぱと煙を吸った。

突然、吸うのをやめた。次の瞬間、久兵衛の軀が動いた。手のキセルが空を切り、龍之介の顔面に振り下ろされた。

龍之介は咄嗟《とっさ》に火鉢に刺してあった火箸を摑み、キセルを受け、流れるような動きで、火箸の先を久兵衛の喉元にぴたりと当てて止めた。

「いやあ、お見事お見事。お手前の腕、しっかりと見極めました」

久兵衛は熊さんの相好を崩し、大口を開けて笑った。

久兵衛は、また長ギセルを銜《くわ》え、ぷかぷかと旨そうに煙を吹かした。龍之介は、そっと火箸を下ろして、火鉢に戻した。

「まあまあ、お二人で何を戯《たわむ》れておられるのですか」

廊下から女将が笑いながら、茶と菓子を載せた盆を運んで来た。

「相良様の腕前をちと試させていただいたところだ。いやあ、失礼いたした」

熊さんは嬉しそうにいった。

龍之介は久兵衛に問うた。

「久兵衛殿も、昔は武家ではござらぬか。身のこなし、キセルを打ち込む際の手捌き、並々ならぬ腕前とお見受けしましたが」

「いやいや、なんのなんの、私など……」

久兵衛は頭を左右に振った。女将が口元に手をやって笑った。

「そうなのですよ。旦那様は、かつては、多少名の知られた……」

久兵衛は女将を手で止めた。

「お結、昔は昔、いまはただの扇屋の主人です。ほかの何者でもありません」

「はい。旦那様」

女将は笑いながら、龍之介の前に盆を置いた。盆にはほかほかの饅頭《まんじゅう》を盛った皿と、二つの湯呑み茶碗が並んでいた。女将は急須《きゅうす》を傾け、二つの湯呑み茶碗にお茶を注《つ》いだ。お茶の薫りがあたりに漂った。

「粗茶ですが、どうぞ」

女将は首を傾《かし》げ、龍之介に茶を勧めた。

「かたじけない」

女将からほんのりと芳《かぐわ》しい化粧の香りがして、鼻孔《びこう》を刺激した。そういえば娘のお杉も同じ匂いがしていた。

龍之介は茶碗を口に運び、熱い茶を啜った。

雨障子戸の外に人の気配があった。雨合羽《あまがっぱ》を払う音がし、雨障子戸がからりと開いた。雨合羽を被《かぶ》った男が店に入って来た。男とともにひんやりした空気が店に流れ込んだ。

「ただいま戻りました」

「番頭さん、お帰りなさい。雪ん中、お疲れ様」

女将が労《ねぎら》いの声をかけた。男は雨障子戸を閉め、雨合羽にかかった雪片《せっぺん》の残りを手でぱたぱたと叩き落とした。

「外は寒かったでしょう。すぐに清《きよ》に湯を用意させますからね」

女将は立ち上がり、台所に姿を隠した。

番頭といわれた男は細身の体付きをしていた。細面《ほそおもて》に、細い両目が並び、目蓋《まぶた》が左右に吊り上がっている。まるで狐《きつね》を思わせる。

龍之介はがっしりした髯面の久兵衛と、細身の番頭を見、心の中で、熊と狐か、いい取り合わせだな、と思った。

番頭は合羽を脱ぎ、手早く畳みながら、帳場に久兵衛と一緒にいる龍之介に気付いた。番頭は頭を下げた。

「いらっしゃいませ」

「この男は番頭の与吉《よきち》です」

久兵衛は龍之介に番頭を紹介した。

「与吉、この方は相良龍之介様だ」

「へい。よろしくお願いします」

「相良です。こちらこそ、よろしくお願いします」

龍之介も挨拶を返した。

与吉はおよそ三十になったかならぬかの歳と思われた。腰をかがめてお辞儀をする様には、長年商人をしているという年季を感じさせる。

下女が湯気の立つ足洗いの桶を運んで来て、三和土に置いた。与吉は上がり框に腰掛け、雪駄と足袋を脱ぎ、熱い湯に片足ずつゆっくりと足を浸けた。しばらく湯に足を浸けていたが、頃合を見て、手慣れた仕草で片方ずつ足を洗った。

女将が台所から、お茶の用意をして戻って来て、火鉢の前に座った。鉄瓶の湯を急須に注いだ。またお茶の薫りがあたりに漂った。

与吉は思い出したようにいった。

「旦那様、お城の方で、てえへんなことが起こったようですぜ」

「何が起こったって？」

「雪が降りしきる中、桜田門《さくらだもん》の前で登城途中の大名行列を、大勢の浪人たちが待ち伏せし、派手な斬り合いになったそうで。双方、七、八人が斬られて死んだってえんで、それはもうたいへんな騒ぎでやす」

龍之介は、久兵衛と顔を見合わせた。

いったい、何があったのだ？

「まあ、将軍様のお城の前で、大名行列が襲われるなんて、本当に物騒な世の中になったものですねえ」

女将は眉根をひそめて嘆息《たんそく》した。

この斬り合いは、元水戸《みと》藩士を中心にした尊皇攘夷派の志士たちによる井伊《いい》大老《たいろう》暗殺事件で、後に「桜田門外の変」と呼ばれる事件だったが、当然のこと、久兵衛も龍之介も、そんな大事だとは露知らなかった。

与吉は手拭いで濡れた足を拭い、あらためて久兵衛の前に正座した。

「旦那様、浜田《はまだ》様にご用立てしたお金の証文、たしかに頂いて参りました」

「番頭さん、ご苦労さん。浜田様から、いろいろ難癖を付けられただろう？」

「はい。ですが、あまりごねると、今後のこともありますよ、と少々脅かしました。最近、うちも貸し倒れが多くて金回りが悪いので、次には浜田様にご用立てできないかも知れないと、暗に貸し付け打切りをちらつかせました」

「そうしたら?」

久兵衛は笑いながら腕組みした。与吉は風呂敷の包みを開き、和綴じの帳面を取り出した。帳面の頁を何枚か捲《めく》って開き、久兵衛の前に差し出した。

「さすがの浜田様も困ったらしく、しぶしぶでしたが、金額を確かめ、借金の証文にご署名なさり、お渡しくださいました」

「よもや金額に間違いはあるまいな」

久兵衛は証文に見入った。

「はい。間違いはございません。返済期日も、ご了解いただいてます。返済が滞《とどこお》った場合、利子率が高くなることも」

「うむ。ご苦労さんだった。さすが番頭さんだ」

久兵衛と番頭の与吉は、顔を見合わせ、笑い合った。

龍之介は黙って二人のやりとりを眺めていた。

熊面の久兵衛は、満足そうにうなずくと、与吉に向き直った。

「ところで、番頭さん、話を相良様に戻せば、相良様は脱藩なさり、おカネになる仕事をお探しになっておられる」

「さようで」

与吉は細い目をやや大きくして、龍之介を見つめた。

「相良様は、腕は立つ。私が試してみた」

「さようで」

「普請工事や土木工事の現場監督をお願いするには、相良様は正直いって若すぎる。現場を仕切るには、いま少し歳を取り、ある種の貫禄がないと勤まらぬだろう。なにせ現場は荒くれどもの集まりだからな。いくら剣の腕が立っても、彼らを抑えるのは、難しい。力だけでなく、貫禄で抑え込むことができなくてはな」

龍之介も内心、やくざ者や荒くれ者たちを抑える自信はなかった。

熊面の久兵衛は龍之介を優しい目で見つめた。与吉も、龍之介を品定めするように眺めてうなずいた。

「そうですなあ。相良様には、向いておりませぬな」

「各藩が募集する中間《ちゆうげん》や足軽も、相良様に斡旋するのは気の毒すぎる」

「いえ。それがしは、中間でも足軽でも、槍持ちでも馬の轡《くつわ》取りでも構いません」

龍之介は本気でいった。久兵衛は笑いながら、気の毒そうにいった。

「駄目です。相良様は、若いだけでなく、どこかに上士、中士の風格が身についています。それを汚い衣裳や貧しそうな扮装でごまかそうとしても、見る人が見れば、すぐにばれましょう」

「そんなことはない、と思いますが」

龍之介が反論しようとしたとき、熊さんの久兵衛は柔和な顔でいった。

「私なら、相良様の若さ、上士の風格を逆に生かした仕事をしますが」

「たとえば？」

「先ほども申し上げましたが、用心棒がいいのではないでしょうか」

与吉が首を傾げながらいった。

「旦那様、相良様には、用心棒は向いてないように思いますがね」

「どうしてかな」

「用心棒は、見かけが大事です。たとえ腕が立たずとも、一見して強そうで、威圧感がある人でないと。やはり、少し年輩者で、人生経験もあって、人に対して押しがきく、そういう人でないと勤まりません。すぐに人に舐められてしまいます。相良様は、こういってはなんですが、見かけからして、お優しくて真面目そう、真摯《しんし》で融通が利きそうもない性格の若侍です。御免なさい。こんなことをいうと、お気を悪くなさるでしょうが」

与吉は済まなそうに頭を下げた。

龍之介は内心、心外だったが、反論したい気持ちを抑えた。これも、修行のうちだ。他人は、俺のことを、そう見ているのか、と心の中で反省した。

「番頭さん、いまの世の中、昔とはだいぶ違いますよ。相良様のような、一見ひ弱で、優しそうな若侍が求められているかも知れませんよ。特に御婦人をお守りする用心棒としては、相良様のような美男の若侍がいいかも知れませんからね」

龍之介は苦笑いしていった。

「久兵衛殿、それがし、決して美男でもいい男でもござらぬ。優しくもないし、大人しくもありません。猜疑心《さいぎしん》が強く、嫉妬深いし、底意地が悪い。直情径行《ちょくじょうけいこう》の馬鹿な男です。自分ほどろくでもない男はおりません」

「はいはい、さようですか。分かりました」

熊さんは、傍らの女将と顔を見合わせ、にやにやと笑っていた。

「意外に本人は、自分の姿が見えないものなのですねえ」

女将が笑いながらいった。

俺は自分が見えていない? 馬鹿な。

龍之介は上気し、顔が火照った。尻のあたりがむずむずしてきた。その場から逃げ出したかった。尿意も覚えた。

　立ち上がり、女将に聞いた。

「御免。厠《かわや》はどちらでござろうか」

「廊下の先に。はい、私がご案内します」

　女将は立ち上がり、先に立って歩き出した。龍之介は慌てて女将について廊下に出、厠へ急いだ。

　いつの間にか屏風の陰に座って聞き耳を立てていた娘のお杉も、袖で口元を押さえて笑いを堪えていた。

三

　厠から戻ると、久兵衛と与吉は、帳場で机に帳面を広げ、あれこれと話し合っていた。

　女将が急須を傾け、盆の上に並んだ湯呑み茶碗にお茶を注いでいた。娘の姿はなかった。

　龍之介は座布団の上に正座した。火鉢の炭火に手をかざし、手水《ちょうず》で洗って冷えた手を温めた。

「どれどれ、相良様向きの、いい仕事があったかどうか」

久兵衛は、帳場の棚に重ねてあった帳面の一冊を抜いた。ぱらぱらと頁を捲った。

「相良様は、いつから、働くことができますか」

「本日からでも」

龍之介は勢い込んでいった。いま、懐には十文もない。今夜の夕食代にも事欠いている。

「さようですか。本日からでもいいですか」

久兵衛は、指を舐め舐め、帳簿の頁を一枚一枚捲り、ため息をついた。

「生憎《あいにく》、いまのところ、相良様に向いたいい仕事の口はありませんねえ」

「旦那様、あのご隠居様の警護のお話があったのではありませんか？」

女将が口を挟んだ。久兵衛は頭を振った。

「しかし、あのご隠居様の我儘《わがまま》、厳しさは、並大抵のものではありませんよ。これまでご紹介した方々は、みなたった一日で帰されましたからね。普通の方ではとても勤まらないでしょう」

龍之介は思わず膝を進めた。

「久兵衛殿、そのお仕事、それがしにご紹介願えませんか？」

脇から女将もいった。

「あなた、もしかして、相良様なら、ご隠居様もお気を許すかも知れませんよ」

「しかしなあ。相良様の初めての仕事に、あのご隠居様をお願いするのは気が引ける」

久兵衛は龍之介にどんぐり眼《まなこ》を向け、頭を振った。

「そんなことはいわずにお願いします。それがし、どんなお相手であっても、修行だと思ってやってみます」

「そうはいいましてもなあ」

久兵衛は与吉の顔を見た。

与吉は細い狐目をさらに細めていった。

「旦那様、ひょっとするとうまくいくかも知れませんよ」

「そうかね」

「一度試していただいても、いいかも知れません。相良様の経験のために」

与吉は女将とうなずきあった。

「私もそう思うわ」

「ふうむ、奥と番頭さんがそこまでいうなら、一度、試してみますか。駄目で元々だからな」

「そうですよ。ご隠居様も、お若い相良様なら……お気に召すかも知れません」

女将は笑いながら、龍之介を見た。

「ぜひ、その仕事をお願いします」

龍之介は熊さんこと久兵衛に頭を下げた。

お年寄りのご隠居相手に何をしたらいいのか、皆目見当がつかないが、囲碁将棋なら、なんとかお相手できよう。剣術のお相手はお手のものだ。俳句や和歌の類《たぐい》も、日新館《にっしんかん》で多少は学んだ。ともあれ、なんでも、誠心誠意尽くしてみて、それで駄目なら仕方がない。これも人生勉強の一つだと思った。

熊さん顔の久兵衛は、黒髯を撫でながら、にこやかにいった。

「相良様、私は、何度かご隠居様にお目にかかりましたが、それはそれは、たいへんな御方ですよ」

「どうたいへんなのですか？」

「ご隠居様は、奥州のさる大藩の大奥から宿下《やどさが》がりなすった御老女《ごろうじょ》でしてな」

「宿下がりなすった？」

「御女中が殿中の大奥から暇を出されて下がることを宿下がりといいます。御老女は、お役目を終え、殿中大奥には留まらず、宿下がりになりご隠居になられたわけです」

「ご隠居と申されるは、老婆でござるのか」

龍之介はご隠居というので、男だとばかり思っていた。まさか、女のご隠居だとは思わなかった。

「奥州のさる大藩というのは？」

「申し上げられません。世に洩れれば差し障《さわ》りがありますので」

「分かりました」

「相良様は大奥について、お詳しいかな」

「いえ。それがし、大奥にはまったく縁がござらぬので」

龍之介は頭を掻いた。

熊さんは鷹揚にうなずいた。

「そうでしょうな。大奥は男子禁制の女の世界ですからな。御上の御側役や医師や御小姓でもなければ、大奥には入って行けないのでしょうからな」

熊さんは帳簿を机の上に戻し、龍之介に向き直った。

「ご隠居様のお嶺《みね》様は御老女です。ですが、老女は老女でも、最高位の上老女《かみ》の役職でして」

会津藩にも、当然のこと、殿に傅《かしず》く女たちの大奥がある。殿以外の男子禁制の女の世界だ。それで大奥に「老女」という役があるのは聞いたことがあった。

「上老女は御役ですか」

「そう。大奥の老女といえば、藩執政の家老や中老《ちゅうろう》の役職に相当します」

「なるほど」

「上老女は、いわば藩の執政に準《なぞら》えていえば筆頭家老にあたりましょうかね。その上老女以下の序列は、老女、中老、御部屋《おへや》、御傍《おそば》、御小姓、御次《おつぎ》、御膳部《おたてづめ》女中、御末《すえ》、部屋方《へやかた》……といった順番になっています」

大奥にも武家と同じように、厳然たる地位や身分の序列や等級があると聞いてはいたが、詳しくは知らなかった。

「お嶺様は上老女として奥方様にお仕えし、大奥のすべてを取り仕切り、指図する役目でした。それだけに、お嶺様は気位が高い。相手が、たとえ家老や若年寄といった藩執政でも、遠慮なくずけずけと、ものを申されたそうです。大奥のしきたりや運営については、誰にも口出しさせなかった。たとえ御上であっても、上老女のお嶺様はなんら忖度《そんたく》せずに、がみがみとお小言《こごと》を申し上げたそうですから」

龍之介は、そんな偉いご隠居様なのか、と少々畏《おそ》れ入った。

「御上もお嶺様には一目《もく》も二目も置き、諫言《かんげん》や助言に耳を傾けたそうです。お嶺様の諫言は、あまりにも正論だったので、御上も無視できなかったのでしょう。お嶺様には、藩要路《ようろ》の男たち以上に見識も権威もあり、大奥では絶大な権力をお持ちだったそうです」

「ふうむ」

龍之介は話を聞きながら、会津藩の大奥も似たようなものなのだろうなと思った。

「お嶺様は、御上がまだ子どものころから、君子として持つべき仁《じん》や徳、信義や道理を説き、御子の御上を厳しくしつけたそうです」

「…………」

「ですから、御上は、いまでもお嶺様には頭が上がらない。実の母や祖母以上に煙たい存在だったらしいのです」

龍之介は、お嶺様に少し反感を覚えた。

もし、自分が御子だったなら、厳しいお嶺様に、きっと反抗するだろうと思った。

「お嶺様は下々《しもじも》にも厳しかったのですか？」

久兵衛はうなずいた。

「それは厳しかったそうです。配下の御女中が少しでも不始末を犯《おか》したり、道理から外れたことをすると、お嶺様は激怒して、即刻、宿下がりにしたそうです」

龍之介は内心、嫌味な婆さんだな、と思った。きっとお嶺様とは相性が悪く、自分も即刻用心棒を馘《くび》になるだろうなと覚悟した。

「普通、宿下がりといえば、大奥で礼儀作法を身につけ、茶道や華道、武芸の修業も積んで、一人前の女としてめでたく大奥から出て行くことですが、処罰の宿下がりは意味が違います。大奥から、駄目な女として、追放されることです」

「ほんとに厳しい処分ですね」

久兵衛は顎鬚を撫でた。

「そう厳しい処分です。奥で御女中として礼儀作法を積んだ女は宿下がりすれば、武家も町家でも大歓迎されます。たいていが良家に縁付き、花嫁として迎えられ、幸せな人生を送る。ところが、駄目な女という烙印を押されてしまうと、同じ宿下がりでも、みんなから冷たく見られる。お嫁にも行けないことがある」

「なるほど」

龍之介は、ふと姉の加世《かよ》を心に思った。加世は大奥から宿下がりしたが、何か不始末をして、追放されたわけではない。だが、父牧之介《まきのすけ》の切腹の煽《あお》りを受けて、許婚《いいなずけ》との縁が切られた。もっとも、その男の代わりに、いまは加世に思いを寄せる男が現われてはいるが。

「大奥で御上から見初《みそ》められ、お気に入りになった御女中であっても、お嶺様は構わず、少しの不始末でも許さず、容赦なく宿下がりさせたそうです。そのため、宿下がりをさせられた御女中たちから恨みを買ったようです」

「そうでしょうな」

「御上も激怒し、一度ならず、上老女のお嶺様を解任し、大奥から追い出そうとしたこともあったそうです。そうなると、今度は御上の奥方様が乗り出し、お嶺様は子どものころから、お世話になった大恩ある方だからと、御上を諫めて、お嶺様を擁護なさったこともあるそうです」

「奥方様としては、御上がほかの女に現《うつつ》を抜かすのが許せなかったのではないですか?」

龍之介は奥方の心を慮《おもんぱか》っていった。

女将が、二人の話に割り込んで来た。

「そうですよ、そんなのあたり前です。亭主がほかの新しい女に目をつけて夢中になるなんて、とんでもない。許されません。奥方様がその御女中を追い出したお嶺様を庇ったのは当然です。ね、旦那様、そうでしょ」

女将の思わぬ容喙《ようかい》に、久兵衛はたじろいだ。

番頭の与吉は素知らぬ顔でそっぽを向いていた。顔を背けてにやついている。どうやら熊の久兵衛も、ほかの女に浮気心を抱いたことがあったのだろう。

久兵衛は咳払いをしてからいった。

「そんな訳ですから、お嶺様を恨む人や敵も多いが、御味方もいないことはないということです。ともあれ、お嶺様は何かと毀誉褒貶《きよほうへん》が多い御方だと思ってください」

「分かりました」

龍之介はうなずいた。どうやら、お嶺様は気難しいお年寄りらしい。

久兵衛は長ギセルの火皿に、また莨を詰めはじめた。

「そのお嶺様が、めでたく喜寿《きじゅ》をお迎えになり、それを機に自ら進んで、御上に宿下がりを願い出た。御上は傘寿《さんじゅ》になるまで、大奥で上老女を務めてほしい、と慰留に努めたが、お嶺様は固辞《こじ》して、宿下がりなすった」

久兵衛は長ギセルの火皿を炭火に押しつけ、すぱすぱと旨そうに莨を吹かした。

「御上は、お嶺様の隠居屋敷として、郊外の閑静な土地にお屋敷を御用意なさった。ところが、肝心のお嶺様は、そこに住まうのを嫌い、この深川に近い所に商家のお大《だい》尽《じん》が妾《めかけ》を囲っていた仕舞屋《しもたや》の空き家を見付けて来て、移り住んだのです。それが、つい先月のことでした」

「なるほど」

さすが大奥を張ってきた御老女なだけあって、隠居になっても気丈でしっかりなさっている。龍之介は、会津の武家にも多い毅然とした老女たちを思い出した。

「お嶺様は、どのような御方なのですか？」

「よくいえば、お武家様の家に、矍鑠《かくしやく》としておられる老女《おうな》。孫たちに囲まれたお優しい婆様《ばば》ですな。悪くいえば……」

熊さんは、一息《ひと》入れてからいった。

「……他人のいうことを聞かない、我儘勝手な意地悪婆さん」

久兵衛は髯面を歪めて、にっと笑った。

意地悪婆さんか？

龍之介は郷里の会津にも、一度言い出したら、いうことを聞かない、頑固な婆さんがいたな、と思った。

久兵衛は熊面を和らげた。

「だが、隠居なさってから、しばらくすると、お嶺様は徘徊《はいかい》を始めなさったのです」

「徘諧《はいかい》を始めた？　俳句作りは、いい趣味ではありませんか」

久兵衛はふっと笑い、長ギセルの首を煙草盆の縁にあて、火皿の灰を灰入れに落とした。

「いいえ、その徘諧ではなくて、うろつき回る方の徘徊です。昼夜構わず、ふと気付くと一人で出かけてしまっているというのです」

「どこへですか？」

「行く当てなどないので、あたりを徘徊しているらしいのです」

「ふうむ。……耄碌されたのですか」

「普段はお嶺様は、それはもうしっかりなさっておられ、何事もきちんとなさるのですが、まだら惚《ぼ》けといいますか、突然に、誰にも告げず外出し、うろつき回るのです」

「ううむ」

「その度《たび》に、家人たちが付近を捜し回り、うろついているお嶺様を見付け、家に連れ帰るそうなのです」

徘徊老人の話は、会津でも耳にしたことがある。普段は正気に見えても、お年寄りは時に、なんの理由もなく、徘徊するものらしい。いや、本人にとっては何か理由があってうろつくのだろうが、周囲の者には分からない。

「その家人たちというのは？」

「ああ、それはお付きの御女中です」

「お付きの御女中がおられるのですか」

そうだろうな、と龍之介は思った。

大奥を宿下がりして隠居生活に入るとしても、お嶺様一人だけで暮らすわけはない。身の回りをお世話する御女中や奉公人が必ず付く。

久兵衛は湯呑みの茶を飲んで口を潤した。

「お嶺様がご隠居になられると、御上の奥方様は、お世話係の御女中二人をお付けになったそうです。ほかにも風呂焚きや庭掃除などをする下男、炊事洗濯役の下女もお付けになった」

龍之介は、はて、と首をひねった。

「供侍はお付けにならなかったのですか？」

大奥の身分の高かった御老女が城中を出て、庶民の生活をするとなれば、御女中以外に、何人か供侍を付けるだろう。

「それが、奥方様が供侍を付けようとしたら、お嶺様は隠居の身に、そんな供侍は必要ありませんと、頑《かたく》なにお断わりになったそうなのです」

「万が一の時は、どうなさるおつもりなのですかね」

「お嶺様は、若いころから薙刀《なぎなた》をなさっていて、それも師範の腕前だそうです。老いたりといえども、若い者には負けないと、いまでも薙刀を振るうらしい……」

「御歳は、おいくつでしたか」

「先ほども申し上げましたが、喜寿を迎えたということですから」

「七十七歳ですか」

龍之介はあらためて感心した。龍之介の祖母おことも、矍鑠として、気は強かったものの、七十歳の古稀《こき》を迎えると、軀は年相応に老いて、足腰が痛く、思うように動かぬとこぼしていた。

久兵衛は真顔に戻った。

「ともあれ、お嶺様は、奥方様に供侍は無用と申されたそうです。奥方様も、お嶺様の薙刀の腕前を存じていたので、無理に供侍をお付けするのを遠慮なさったらしい」

「そういうことなら、お嶺様に用心棒は不要ではないですか。むしろ年寄りのお世話に慣れた方を用意した方がいい。徘徊なさっても、終始、お付きの人が見守っていれば、大丈夫ではないですかね。いくら、いまなお元気でも、お嶺様も歳を重ね、いつかは足腰が弱くなり、自然に外を出歩かなくなるのでは」

「私もそうは思いますが、徘徊するお嶺様を見守るだけでもたいへんらしいのです」

久兵衛はまた長ギセルの火皿に莨を詰め出した。

「ある日、お嶺様が外に出るのに気付いた御女中が、どこに御出でになるのか、と密かについて行ったそうです。ところが、お嶺様は御女中に気付き、絶対にあとをつけるなとお怒りになったそうなのです」

久兵衛はまたキセルをぷかぷかと吸い始めた。

「その時は昼間だったからまだしも、ある日には、お嶺様は夕方暗くなってから、一人家から出かけようとした。気付いた御女中は、必死にお嶺様をお止めした。夜の街には、辻斬りや追剝ぎが現われて物騒です、男の方でも危ない、ましてお年を召されたお嶺様が一人うろついていたら、何があるか分からないので、ぜひおやめくださいと懇願した。すると、さすがのお嶺様も一応納得し、出ないと約束なさる。それで安心していても、二、三日もすると、またお嶺様は密かに家人の目を盗んで、家を出てしまう。その繰り返しなんだそうです」

「ふうむ。困った人ですね」

「御女中たちは、その度に、ご近所の人たちや下男下女と一緒に、手分けして、暗い夜の中、必死に街なかを捜して歩き回るが、どこに行ったのか分からない。そのうち、お嶺様はひょっこりと家にお戻りになっている」

「…………」

「それで、御女中が、どちらへお出かけかとお尋ねしても、お嶺様は分からない、覚えていない、というばかり。あまりしつこくお尋ねすると、余計なお世話だと、お怒りになってしまう」

「…………」

「それで御女中たちは困り果てて、大奥の奥方様に訴えなさった。奥方様はわざわざお嶺様の家にお越しになり、お嶺様のためだといって、警護の供侍たちをお付けするといった」

「お嶺様は、どうしました?」

「さすがのお嶺様も、奥方様からそういわれるとお断わりできなかった。ただし、藩から番方の供侍を付けるような大げさなことはしないでいただきたい、といい、懇意の口入れ屋から警護の者を斡旋してもらうので、それでお許し願いたいと申されたそうなのです」

「どうして、番方の供侍を嫌うのでしょうね」

「私が思うに、藩から派遣された供侍だと、お嶺様は我儘ができないからではないか。私どもの斡旋した用心棒なら、気に入らないとすぐに馘にできますからね」

「なるほど、お嶺様も考えましたね」

龍之介は笑った。久兵衛もうなずいた。

「年寄りの企《たくら》みです」

「ところで、久兵衛殿はお嶺様と懇意な間柄だったのですか」

「まさか。お嶺様は苦し紛れにそういったのです」

「口から出任せ？」

「おそらく。私どもは、お嶺様とはなんの関係もなかったのですから」

「どうして、お嶺様は用心棒を斡旋する口入れ屋なんかのことを知っていたのですかね」

久兵衛は長ギセルを吸い、間を置いた。

「お嶺様は、上老女だったころから、大奥の外の下々のことにお詳しかったそうです。なにしろ、大奥に上がって来る娘の一人ひとりの身元を手の者に調べさせていた、ということでしたから」

「なるほど。どうして、そんなことを」

「身元がしっかりした娘でないと、大奥へは上げられません。なにしろ、御上や奥方様のお傍《そば》に上げるのですから、その娘がどんな家庭に育ち、どんな性格で、怪しい筋ではないか、など徹底的に調べねばなりません」

「怪しい筋というのは？」

「藩内の政争に絡む人脈の娘とか、誰かの人身御供《ひとみごくう》に使われそうな娘だとか、敵方の隠密ではないか、金儲けのためとか、いろいろあるようですよ」

久兵衛はキセルの首を煙草盆の縁にぽんと叩いて燃え滓《かす》を落とした。

「娘を大奥に入れる口入れ屋もいるので、お調べは徹底したものだったらしいです」

「そんな口入れ屋もいるのですか？」

「はい。綺麗な娘子を、どこかの藩の大奥に送り込み、あわよくば玉の輿《こし》を狙う、そうなればいいカネになりますからね。そんな手合いもいます」

「口入れ屋はなんでもやるんですな」

「そういう口入れ屋は、ほんの一握り。私どもは、人身売買まがいのことや、そういうあくどい金儲けの斡旋はいたしません。あくまで貧乏でお困りの方を少しでもお助けする仕事をしています」

「そうと聞いて安心しました」

龍之介は笑った。久兵衛も大きくうなずいた。

「ご安心あれ。お嶺様は、口入れ屋のなかで、扇屋久兵衛は信頼できる、と誰からかお聞きになったようなのです。それで、お付きの御女中がこちらに御出でになり、私がお嶺様にお目にかかったという次第なのです。そこで、お嶺様から浪人者でいいので、信頼できる侍を紹介してほしい、と頼まれたわけです」

久兵衛は女将に、お茶をといった。

「はい、ただいま」

女将は急須のお茶の葉を入れ替え、鉄瓶の湯を急須に注いだ。

「しかし、私もお嶺様を軽く侮《あなど》っていました。どうせ、女のお年寄りなのだから、侍を用心棒に付けたら、少しは大人しくなるのではないか、と」

久兵衛は湯呑みを口に運び、お茶を飲んだ。龍之介もお茶を味わった。

「ところがどっこい。とんでもない見込み違いでした。甘かった」

「何があったのです?」

「初めてご紹介した用心棒の元村《もとむら》様は、お嶺様から木薙刀で強《したた》かに打ち据えられ、ほうほうの体《てい》で逃げて参りました。ですから、まんざら薙刀の腕は嘘ではないようです」

久兵衛は熊面を崩し、可笑しそうに思い出し笑いをした。

「その元村殿とは、どのような御侍ですか？」

「やや小太りの体軀の方で、四十台半ば過ぎの素浪人です。私どもには、神道無念《しんとうむねん》流《りゅう》皆伝《かいでん》の腕前と申していましたが、本当はどうですか。お気が優しい方だったので、ご隠居のお嶺様と気が合うかと思ったのですが、駄目でしたね」

「お嶺様と立ち合ったのですかね」

「はい。元村様にいわせれば、本気になってお年寄りのご婦人と立ち合い、打ち据えるわけにはいかん、と。それで退散してまいったといってました」

久兵衛は笑いを堪えて頭を振った。

「ほかにも何人かが用心棒を辞めたといってましたね」

「はい。二番目に紹介した佐々木《ささき》様は、一日で帰って来て、あのくそ婆《ばば》あが、と憤然として辞めました」

久兵衛はため息をついた。

「三番目の梶原《かじわら》様も、たった一日勤めたら、帰って来て、あの惚け老人のできそこないが、と悪口雑言《あっこうぞうごん》を残し、引き揚げて行きました」

「いったい、二人に何があったのですか？」

「さあ。当人たちは何もいわないし、お嶺様にお訊きしても、そうだったかい、そんな人たちは知らないねえ、と惚《とぼ》けておられたので分かりません」

久兵衛の惚《とぼ》け方から見て、きっと事情を知っている。

いわぬは、武士の情けか。

「お茶をどうぞ。饅頭もいかが?」

女将が龍之介と亭主の湯呑み茶碗に、急須のお茶を注いだ。茶のいい薫りがあたりに漂った。

龍之介は皿に盛られた饅頭を一つ頂き、頬張った。あんこの甘味が口の中に広がった。気分が一新する。

「それから、もう一つ、御女中から気になる話を聞いたので、そのお話もしておきます」

「なんでござろうか?」

「お付きの御女中によると、お住まいを窺う人影がある、とのことなのです」

「人影というのは、侍ですか?」

「御女中が気付いた時は、日暮れ時だったので、人影の風体《ふうてい》は暗くて分からなかったそうですが、たしかに住まいの様子を窺っていたというのです」

「ふうむ」

「それから、お嶺様が買物にお出かけになると、ほぼ決まって背後から尾行する人の気配がするというのです」

「その尾行者の風体は？」

「それも、姿を見せないので、分からないそうです。気のせいか、と思い、何度も振り返るのですが、たしかに人に尾行されている気配がするそうなのです」

「ふうむ。お嶺様は尾行にお気付きなのですかね」

「御女中がお嶺様に告げると、振り返るが、気にせず放っておきなさい、とおっしゃるばかりで、平然となさっているそうです」

「…………」

「そんなことが、しばしばあって、もしかして、お嶺様のお命を狙っている者なのかも知れない、と御女中たちは用心しているというのです」

「それはたしかに気になりますね」

龍之介は、そういったものの、内心では御女中たちが臆病風に吹かれているのだろう、と楽観した。

もし、刺客《しかく》がお嶺様の命を狙うなら、用心棒などが付けられないうちに、とっくに襲っている。

龍之介は二個目の饅頭を口にし、お茶を飲んだ。

「いかがですか」

「甘くておいしい」

「いえ、饅頭の話ではなく、お嶺様の用心棒になる件についてです」

「それは、もちろん、ご紹介ください。それがし、ぜひに、用心棒をさせていただければありがたい」

「分かりました。これから、さっそくご案内しましょう」

「ところで、久兵衛殿、用心棒は何日務めればいいのですか？」

先の元村様、佐々木様、梶原様たちは、一日で馘になった。自分も一日で帰されるかも知れない。

「とりあえず、一日、そのお嶺様にお仕えしてみてください」

久兵衛は一日お仕えすれば、銀二朱《しゅ》の謝礼をお渡しすると付け加えた。

一日で二朱とは魅力だった。質素倹約すれば、三日は暮らせる。

「先の元村様たちのように、お嶺様がお気に召さなければ、お戻りになればいい」

「承知しました。では、よろしくお願いいたします」

「奥、では、出かける支度を」

「はい。旦那様」

女将はさっと立ち上がり、奥の間に消えた。

「番頭さん、お店の方、任せましたよ」

久兵衛は帳場で算盤を弾いている与吉に声をかけた。

「へい。旦那様」

与吉は頭を下げた。

龍之介は、三個目の饅頭を頰張り、お茶で喉に流し込んだ。

四

雪はすでに上がっていた。その代わり、北からの冷たいからっ風が吹きはじめていた。

久兵衛は一、二寸ほど積もった雪道を先に立って歩いた。雪駄の尻鉄がちゃらちゃらと音を立て、久兵衛の肩が、その音の調子に合わせて上下左右に揺れる。

龍之介は久兵衛のすぐ後ろに付いて歩き、自分の雪駄の尻鉄が立てる音を久兵衛の尻鉄の音に合わせようとした。だが、歩幅の違いのせいか、すぐに調子が乱れてしまう。

ご隠居お嶺様の住まいは、回向院《えこういん》の裏手にあるということだった。何度か寺の隣の林の中にある一軒家だと、いくら説明されても、江戸の街に詳しくない龍之介には見当がつかなかった。

久兵衛は説明を諦めた。ともあれ、御隠居の家まで案内するといい、先に立って歩き出した。

龍之介は、お嶺様に面会するということで、久兵衛の綿入れの羽織を着込んでいた。足袋も真新しいもので、指先に唐辛子《とうがらし》が入っている。そのため足先が温かい。女将が渡してくれた毛糸の襟巻を首に巻いているので、軀もぽかぽかとしている。その上、懐にはほんのり温かい温石《おんじやく》まで持たされていた。すべて、女将の心尽くしだった。

久兵衛も龍之介同様に、分厚い羽織に袴《はかま》を穿き、襟巻を首に巻いている。

龍之介は出がけに、店に駆け込んで来た、どこかの旅籠《はたご》の手代《てだい》の男から聞いた話が耳の中で反響していた。

手代は久兵衛に興奮した早口で喚《わめ》いた。

「本当なんで。嘘じゃねえ。勤王の志士の連中が、桜田門の前で、雪が降りしきる中、銃声一発、彦根《ひこね》の井伊大老の行列を待ち伏せして斬り込んだ。井伊大老は、首を刎《は》ねられ、お陀仏《だぶつ》になったたってえんだ」

番頭の与吉がいっていた、たいへんな斬り合いとは、このことだったのか。

龍之介は手代の男の話を聞いて、呆然とした。

脱藩した身の龍之介には、あまり関係ないことだが、それでも事件が幕府にとてつもない衝撃を与えたことだけは理解出来た。世の中も、激変するだろう。いい方にか、悪い方にかは分からないが、ともかく世の中が変わる。

安政《あんせい》の大獄《たいごく》と呼ばれた井伊大老の強権支配や弾圧、粛清《しゆくせい》が終わる。

龍之介は、獄に囚われていた同輩の鹿島明仁《かしまあきひと》が釈放されるだろうことを真っ先に喜んだ。釈放されたら、鹿島明仁を労いに訪ねよう。

きっと講武所の竜崎《りゆうざき》大尉たちも、井伊大老の死を複雑な気持ちで聞いているはずだ。半ば喜び、半ば幕府の行く末を案じていることだろう。講武所学生隊の仲間たちも、きっと衝撃を受けるに違いない。これから、世の中はどうなるのか、きっとみんな不安に襲われることだろう。一緒に苦楽をともにした彼らと、もう会えないことが悲しかった。

「こちらですぞ」

龍之介は久兵衛の声に我に返った。

久兵衛のあとについて歩くうちに、いつしか一軒の仕舞屋の前にいた。

「こちらが、ご隠居様のご自宅です」

久兵衛は柴垣《しばがき》に囲まれた仕舞屋を手で指した。

平屋建ての大きな屋敷だった。母屋に繋がった離れもある。茅葺《かやぶ》き屋根にはうっすらと雪が積もっていた。屋敷を囲む柴垣にも薄く雪が被っている。仕舞屋の台所付近から、青白い煙が漂っている。

庭先では下男らしい年寄りが、箒《ほうき》で積もった雪を掃いていた。生け垣の出入口から玄関までの道の雪が掃き清められている。

「御出でなさいませ」

下男の年寄りは、顔に幾重もの皺《しわ》を寄せ、久兵衛と龍之介に頭を下げた。

「ご隠居様は御出でかな」

「はい。いらっしゃいます」

久兵衛は龍之介を連れ、仕舞屋の玄関先に立った。久兵衛は格子戸を開き、訪《おとな》いを告げた。

すぐに女の返事があった。玄関先の板の間に御女中が現われ、さっと座って久兵衛と龍之介を迎えた。

「御出でなさいませ、扇屋様」

御女中は卵のような艶《つや》やかな肌をした美形《びけい》だった。にこやかな笑顔で久兵衛と龍之介を見上げ、頭を下げた。

「お待ちしていました」

御女中は、久兵衛と顔見知りだった。

「ご隠居様は？」

「いまお呼びいたします。どうぞ、お上がりくださいませ」

御女中は龍之介にも笑顔を向けた。

「そちらの方も、どうぞ」

久兵衛は雪駄を脱ぎ、すぐに板の間に上がった。龍之介も急いで雪駄を脱ぎ、屈《かが》み込んで脱いだ雪駄を揃えようとした。

「お履物は、私が揃えておきます。どうぞ、そのまま、お上がりくださいませ」

御女中は笑いながら、龍之介を座敷に促した。

「では、御免」

龍之介は座敷に進もうとした。御女中が前に立った。

「お刀、あげさせていただきます」

御女中はにこやかに笑みを浮かべた。手に袱紗《ふくさ》が用意されていた。

龍之介は慌てて腰の大刀と小刀も外し、御女中に差し出した。御女中は恭《うやうや》しく袱紗で受け取り、刀を捧げ持って小部屋に運び去った。

久兵衛はにやっと髯面を崩した。だが、何もいわなかった。

龍之介は久兵衛に連れられ、襖《ふすま》の前に進んだ。

「失礼いたします」

久兵衛は襖の前で声をかけ、襖を開いた。広い座敷には誰もいなかった。

龍之介は久兵衛に付いて、座敷に足を踏み入れた。

座敷の正面には、床の間があり、薄墨で描かれた山水画の掛け軸が掛かっていた。

床の間には、由緒ありそうな大きな花瓶が飾られ、紅梅の小枝が差してあった。一、二輪の花が咲いている。

襖の敷居の上に、一振りの薙刀が掛けられてあった。

二人は床の間の前の下座に正座した。

「いらっしゃいませ」

隣の部屋の襖が開き、やや年増《としま》の御女中が膝行《しっこう》して現われ、三指をついてお辞儀をした。

「扇屋久兵衛様、お待ちしておりました」

久兵衛と龍之介も、座り直し、御女中に頭を下げた。久兵衛は、その御女中とも顔見知りの様子だった。

「こちらの侍が新しくご紹介する御方です」

久兵衛は龍之介に顔を向け、自分で名乗るように促した。

「相良龍之介と申します。よろしくお願いいたします」

「美帆《みほ》でございます」

美帆と名乗った御女中は、三指をつき、ふかぶかとお辞儀をした。美帆の動きも優雅だった。

美帆は、先ほどの御女中よりは年上だが、負けず劣らず美しい面立ちをしていた。目が大きく、黒い瞳が涼しげで、目鼻立ちが整っていた。顔の肌は濡れたように、つるつるとした艶があった。

久兵衛が美帆に話しかけた。

「先般は、梶原様がお世話になりましたが、ご隠居様には、お気に召されぬようでしたな」

「はい。残念ながら、ご隠居様のご機嫌が麗《うるわ》しくない時でしたので、お目通りはなされたものの、結局、お引き取り願うことになりました。申し訳ございません」

「いや、こちらこそ、申し訳ありませんでした。三人も、ご隠居様のお気に召さぬ方をご紹介してしまって」

「いいえ。とんでもない。私は、御三方とも、素晴らしいお侍様たちだと思いましたが」

　また襖ががらりと開いた。

「美帆、なにが素晴らしいお侍たちですか。どうせ、今度も、ろくな侍じゃないのでしょうよ」

　開いた襖の間から、小袖に打掛けを羽織った老女が現われた。小柄な体付きだが、背筋をしゃんと伸ばし、凛《りん》とした風情の老女だった。瓜実《うりざね》の小顔に、鋭い光を放つ目。若いころはさぞ美形だったろうと思わせる顔立ちをしている。

　さっそくに久兵衛は平伏した。龍之介は両手を畳につき、頭を下げた。久兵衛がいった。

「これはこれは、ご隠居様、ご機嫌麗しう……」

　お嶺様は途中で遮った。

「扇屋、私はすこぶる不機嫌ですよ。そんな月並みなおべんちゃらは聞きとうありません。それで、なに、今度は、なんともへなちょこな若侍を連れて参ったのか」

お嶺様はきんきん声でなじるようにいった。

「そこに控えた若侍、面《おもて》を上げい」

龍之介は顔を上げ、お嶺様をキッと睨んだ。

「………」

お嶺様は一瞬言葉を呑んだ。

「若侍、おぬしの名はなんと申す?」

「相良龍之介でございます」

「……ほんとに若造だな。相良なんと申した」

「相良龍之介にござる。お見知りおきください」

「もしや、うちの藩の御家中ではないだろうな」

「天下の素浪人でござる」

龍之介は胸を張った。そう名乗るのは、本日二度目だった。胸の中で、俺は相良龍之介だ、と何度も言い聞かせた。

「おぬし、いくつだ?」

「数え十九歳にございます」

「講武所通いの旗本か御家人のように見えるが」

「拙者、旗本でも御家人でもござらぬ」

お嶺様は顔をしかめた。喜寿の老婆にしては、皺も少なく、若々しい。肌の艶もある。

「どこの藩士だ」

「故《ゆえ》あって脱藩しました」

「脱藩したと？　どこの藩だ？」

「藩名は申し上げられません」

「なぜ、いえぬ？」

「なぜでもです」

「わらわを愚弄《ぐろう》いたすのか、若造」

「若造ではなく、それがしは、相良龍之介にござる」

龍之介はだんだん向かっ腹が立ってきた。

「光《みつ》、あれを持て」

お嶺様は、後ろに控えた御女中に命じた。玄関先で龍之介たちを迎えた若い御女中だった。

「でも、ご隠居様」

「光、わらわに逆らうのか」

「いえ。少々お待ちを」

光と呼ばれた御女中は膝行し、隣の部屋の隅に姿を消した。

美帆が慌ててお嶺様の前に進み出た。

「ご隠居様、どうか、お気を鎮《しず》めて」

「私は平静ですよ。美帆、そこをおどき」

龍之介は目を半眼にし、静かに呼吸を整えた。

お嶺様の軀から、はらりと打掛けがずり落ちた。

光と呼ばれた御女中が小太刀を胸に戻った。

「はい、ご隠居様」

光と呼ばれた御女中は小太刀をお嶺様にそっと差し出した。

「相良、受けてみよ」

お嶺様は、小太刀を取るなり、抜き放ち、龍之介に真上から振り下ろした。

龍之介は、くるりと身を翻《ひるがえ》して小太刀の刃を避けた。次の一瞬、床の間に飛び退いた。

「おのれ、逃げるか」

お嶺様は着物の裾を翻して、龍之介を追い、また小太刀で斬り付けた。瞬間、龍之介は梅の枝を花瓶から抜き、小太刀を受けた。

梅の枝はすっぱりと斜めに切られた。龍之介はすかさず、斜めに斬られた枝を、お嶺様の喉元に突き当て、寸前で止めた。

「御戯れを」

お嶺様は小太刀を振り上げたまま、動きを止めた。枝の切り口が喉元寸前にあった。

「参った。相良、よくぞ、わらわの小太刀を躱《かわ》し、後《ご》の先《せん》を取った。誉めてつかわす」

「…………」

龍之介は何も答えず、梅の枝をそっと花瓶に戻した。

龍之介は、呆然としていた久兵衛に向いていった。

「久兵衛殿、それがし、このお仕事、ご辞退いたす」

「相良様、どうしてです」

「こんな、人を信用しないご隠居の用心棒なんぞ務める謂《いわ》れはありません」

龍之介は憤然としていった。美帆が龍之介の前にひれ伏した。

「相良様、申し訳ありません。ご隠居様は、耄碌しております。どうか、お許しを」

光という御女中もさっと膝行して、龍之介の前にひれ伏した。

「どうか。お怒りにならないでください。これは、ご隠居様の信頼できるか否かのお試しなのでございます。どうか、堪忍《かんにん》なさってください」

お嶺様は、他人事《ひとごと》のように、立ったまま、御女中や龍之介、扇屋久兵衛を見ていた。

久兵衛もささやいた。

「相良様、ここは堪忍ですぞ。なにせ、相手は惚けている御老女です。きっとわけが分からず、やっていることです」

「分かりました」

龍之介は自制心を取り戻した。

お嶺様は大声で笑った。

「気に入ったぞ、相良とやら。あとは、美帆と光に任せた。よきに計《はか》らえ」

お嶺様は、それだけいうと、打掛けを羽織り、座敷を出て行った。

「相良様、よろしくお願いします」

「人助けだと思って、お願いします」

美帆と光が龍之介の前に平伏していた。

久兵衛も一緒に頭を下げていた。

「相良様、我慢我慢ですぞ。用心棒稼業は我慢が一番ですぞ」

「…………」

龍之介は、仕方がない、食うためだ、と腹を括《くく》った。

# 第二章　ゆく川の流れは

## 一

春の陽射しがあたりに満ちていた。屋根や生け垣に積もっていた雪は、あらかた溶けて消えた。近くの雑木林や畑には、残雪がまばらにあるが、昼過ぎには消え去るだろう。

龍之介は懐手《ふところで》をしながら回向院に突き当たると右手に折れ、大川《おおかわ》の方へ塀に沿って歩いた。雑木林は終わり、庶民の長屋が軒を接して並ぶ街に足を進めた。

振り向くと、雑木林の木々の間に、ご隠居の仕舞屋が見える。

通りに子どもたちが群れて遊んでいた。男の子たちは、大きい子も小さな子も、篠《しの》竹《だけ》の刀を手に手に喚声《かんせい》を上げて駆けずり回っている。路地の日溜まりでは、女の子たちが縄跳びをしたり、石蹴りをしたり、背中に背負った赤子をあやしながら、綾取りやお手玉に興じていた。

龍之介は、即日寝食付きの住み込み用心棒に採用された。期限はとりあえず十日間。その後については双方協議の上で、とあいなった。給与についての交渉は扇屋久兵衛に任せた。日当は銀二朱というが、扇屋が口入れ手数料込みで、ご隠居の代理人である美帆に請求することになる。

ともかくも、その日の寝る場所と、これからの食い扶持を確保出来ただけでも、龍之介にとっては有り難かった。

昨夜は、初めての用心棒稼業ということもあって、緊張してろくに眠れなかった。離れに寝ているご隠居が、夜中に家を抜け出し、徘徊するかも知れぬからだ。一応、離れの次の間には、御女中が交替で寝泊まりしているので、ご隠居が起きる気配があったら、座敷で寝ている龍之介に報せることになっている。

だから、龍之介はご隠居の動きに聞き耳を立てている必要はないのだが、なにしろ初めての仕事だったので、わけもなく緊張したのだ。

結局、一晩中まんじりともせず、下男下女の老夫婦が起き出すのと同時に起き、床《とこ》を上げた。驚く老夫婦に挨拶し、木刀を手に、まだ暗い庭に出た。凍《こご》えるように寒かったが、講武所での教練を思い出し、ご隠居宅の周囲を朝駆けして回った。駆け足の後、雑木林の空き地で、木刀の素振りをした。そのうち、軀がぽかぽかと温まり、軀から湯気が立ち昇るほどになった。

手拭いで汗を拭きながら、仕舞屋に戻ると、囲炉裏端《いろりばた》に、朝餉の膳が用意されていた。

「おはようございます」

御女中の美帆と光が板の間に正座し、恭《うやうや》しく龍之介を迎えた。龍之介は、一瞬、どぎまぎしかかったが、腹を決め、居住まいを正して膳についた。

古沢庵《たくあん》に納豆、昆布煮《こぶに》、味噌汁、ほかほかの白いご飯が大盛りにされたどんぶり飯だった。龍之介は、空腹だったので、たちまちに飯を平らげ、おずおずとお代わりを願った。お相伴《しょうばん》していた美帆と光は、可笑《おか》しそうに笑っていた。

お目覚めになったご隠居のお嶺様は、昨日、龍之介に小太刀で斬りかかったことなどすっかり忘れ、さらに龍之介の名前も覚えておらぬ様子だった。惚けているのかと思うと、しっかりした口振りで、そうとは見えない。

お嶺様は顔に笑みを浮かべ、しげしげと龍之介の顔を見た。

「おぬし、見たことのない顔だな。なんと申す者だ?」

お付きの御女中美帆が、あらためてお嶺様に「こちらのお侍は相良龍之介様です」と紹介した。

龍之介は正座し、お嶺様の動きを用心しながら、「よろしうお見知りおきください」と頭を下げた。いつ打ち込まれるか分かったものではない。

お嶺様は嘆息混じりにいった。

「そうか。おぬしが今度来た新しい供侍か。奥方様には、あれほど供侍はお付けくださらぬよう、お願いしたのにお聞き入れくださされなかったか。仕方がないのう」

龍之介は、自分は供侍ではない、口入れ屋から派遣された雇われ用心棒だ、と申し上げようとしたが、美帆の目配せがあってやめた。

お嶺様が、供侍としてでも、龍之介を受け入れたことが、まず肝心ということらしい。

間近に見るお嶺様の顔は、喜寿の老婆とは思えぬほど、皺が少なく、肌がすべすべと滑らかだった。よほど肌の手入れがいいのだろう。老人によくある染みも、薄化粧で上手に隠してある。見かけだけでいえば、まだ還暦前の五十代といっても分からない年齢に見えた。

しかし、着物の襟元から見える喉元は、やはり年齢を隠すことは出来ず、歳相応に皺が目立ち、皮膚もたるんでいた。

着物の袖から見え隠れする腕は、骨と皮ばかりで、か細く頼りなく、皮膚は小皺と染みだらけのようだった。

よくぞ、この細腕で、あのように小太刀を振るい、七十七歳とは思えない俊敏な動きで斬りかかって来たものだ、と龍之介はあらためて畏れ入った。おそらく若いころからの厳しい鍛練の賜《たまもの》なのだろう。

しかし、そのあとが悪い。

「おぬし、いくつになる？」

「数え十九でござる」

昨日もお答えした、という言葉は呑み込んだ。うっかり、お忘れになっているのだろう。

「なんだ、十九か。ちょこざいな毛才六《けさいろく》が、一人前の侍面《づら》をして供侍とはちゃんちゃら可笑しいわい。十年早いわ」

なに、青二才の、丁稚に毛が生えたような若輩者だと！

龍之介はムッとして、お嶺様を睨み返そうとした。すかさず御女中の光が、龍之介の前に立ち、笑いながら片手を顔に伸ばした。

「相良様、お顔に虫が」

光の指が龍之介の額の虫を摘み上げた。

虫？　虫などたかっていない。

「あら、蟻ん子ね。逃げちゃった」

光はにこやかに笑い、ちらりと龍之介に視線を走らせた。目が我慢して、と訴えている。

龍之介は、うなずいた。

その間に、美帆がお嶺様に手を添えて、いそいそと部屋を出て行く。

「ご隠居様、本日はいいお日和《ひより》でございますよ」

「そのようね。庭にお花が咲いている」

龍之介は廊下に佇《たたず》む美帆とお嶺様を見ながら、苦笑いした。

それにしても口さがない年寄りだ。いくら、こちらが若輩者だとはいえ、正面から、毛才六呼ばわりされたら腹が立つ。本当に人をいらつかせる愛敬なしの婆さんだ。

あんな老女が、よく大奥で大勢の御女中を率いたものだ。

龍之介は、心の中で、見知らぬ大奥に毒突き、鬱憤《うっぷん》を晴らした。

大川端の河岸に出た。河岸に沿って蔵が建ち並んでいる。蔵の間から、滔々と流れる大川の川面が覗いていた。屋形船や猪牙舟《ちょきぶね》、高瀬舟が川を行き交っている。

大川沿いを左手に行けば、会津藩の深川御屋敷がある。脱藩の身となったいま、深川御屋敷へは出入り出来ないし、するつもりもない。

川端に立ち、左右の両国橋《りょうごくばし》と新大橋《しんおおはし》を眺めた。橋を行き交う大勢の人影があった。近くの両国橋を渡れば、浅草《あさくさ》や日本橋《にほんばし》界隈に行くことが出来る。

濁った川の流れを見ているうちに、若年寄一乗寺昌輔の赤ら顔が目にちらついた。

「望月、なんの証拠があって、それがしが、おぬしの兄真之助を殺《あや》めたと申すのだ」

上座に座った昌輔は居丈高に大声でいった。

昌輔と並んで座った大目付田中蔵典《たなかくらのすけ》は、腕組みをして目を瞑《つむ》っている。下座に正座した龍之介は、歯軋《はぎし》りする痛恨の思いでいった。

「証拠は……ありませぬ」

昌輔はそれ見たことか、と勝ち誇った顔でいった。

「そうだろう？　証拠なんぞあるはずがない。では、わしが真之助を斬ったのを目撃した証人はおるのか？　いうてみい」

証人は確かにいた。現場にいた三人の小姓たちだ。三人は、昌輔が兄の友人だった田島孝介《たじまこうすけ》を使い、兄真之助を騙し討ちしたのを目撃した。だが、その小姓たちは、つぎつぎに殺され、最後に残った滝沢圭之典《たきざわけいのすけ》も田島孝介に殺され口封じされた。

いま残された目撃者はただ一人。天井裏に忍んでいて隙間から一部始終を見ていた忍び半蔵《はんぞう》しかいない。半蔵は長州《ちょうしゅう》の手の者であり、いまどこにいるのか分からない。天井裏に忍んでいた半蔵の証言が、昌輔を裁くにあたって果たして有効かどうかも分からない。

龍之介は絶体絶命の崖っぷちに追いつめられていた。ちらりと大目付の田中蔵典を見たが、田中蔵典は口をへの字にしたまま、目を瞑っている。

龍之介が若年寄の昌輔から、呼び出しがかかった時、万が一の事態を危惧して、家老の西郷頼母は、検分役として大目付田中蔵典を立ち会わせるよう、昌輔に命じた。

頼母が恐れたのは、一つには、龍之介が逆上して、昌輔に斬りかかることだ。二つには反対に昌輔がこの機に乗じて、龍之介乱心を捏《でっ》ち上げ、無礼討ちするかも知れないということだった。どちらの場合でも、大目付田中蔵典が同席すれば、龍之介も自重するし、昌輔も事を起こすことは出来ない。田中蔵典は、西郷頼母の息がかかった男だ。

田中蔵典には、予《あらかじ》め、頼母を通して、龍之介がこれまで捜査して調べた真之助乱心事件の真相と、父牧之介の切腹事件の真相を報告してある。

だが、大目付田中蔵典は、法に基づき、昌輔を裁きにかけるには、まだ証拠も証人も足りない、とした。これでは御上に報告出来ない、というのだ。

昌輔は嘲笑《あざわら》い、龍之介を挑発するように、声を張り上げた。

「望月、わしが殺《や》ったという目撃者がいるなら、いうてみい。いうてみい」

「…………」

龍之介は両手を畳につき、込み上げてくる憤怒を辛うじて抑えていた。出来ることなら、昌輔に飛びかかり、強《したた》かに殴り付け、首を絞めたい。

「なにか、望月、父牧之介殿の切腹についても、わしに責任があると報告しておるそうだな」

「…………」

「牧之介殿が諫言したのは、わしの前の若年寄北原《きたはら》嘉門《かもん》だ。間違ってくれるな。迷惑千万。わしは藩の金などびた一文ごまかしておらぬ。それを、おぬしは、あたかもわしも一口乗って汚職をしておるように讒言《ざんげん》しておるそうではないか」

昌輔は田中蔵典に顔を向け、嫌味をいった。

「讒言を報告された大目付田中殿も、えらい迷惑だろう。ないことをあるかのように報告されてはのう」

大目付は腕組みし、目を瞑ったまま、動じなかった。

「望月、悔しかったら、ここに証拠と証人、これでござると出してみろ。証拠も証人もいないのに、御上にわしのことを讒言するとは無礼千万。万死に値する暴挙だぞ。御上は、わしを裁くことなく、おぬしを裁き、厳罰に処するだろうよ」

昌輔は、カカカッと高笑いした。

龍之介は昌輔の前で、敗北に打ちひしがれ、項垂《うなだ》れていた。身も心も、恥辱《ちじょく》に塗《まみ》れていた。

「望月、おぬしは、江戸で講武所などに通う資格なしだ。江戸におると、ろくなことをしない。わしは筆頭家老に報告した。おぬしは、近々講武所留学を取り消され、帰藩を命じられる。在所に戻って藩からの処分が下りるのを大人しく待つんだな」

昌輔は愉快そうに大笑いし、勝ち誇った。

龍之介は、いまに見ていろと、心の中で歯軋りするばかりだった。

「相良様」

不意に女の声に呼ばれて、龍之介は我に返り、振り向いた。

陽光を背に浴びた女の影が立っていた。すらりとした細身の軀の佇まいが美しい。御女中の光だった。

「光殿、何かありましたか」

「いえ。美帆様が、そろそろお戻りください、と」

「分かりました。戻ります」

龍之介はうなずき、光と並んで歩き出した。

「それがしが、ここに居ると、よく分かりましたね」

「きっと相良様は河岸に御出でになられたのだろうと思い、この道を参りました」

河岸に並んだ蔵屋敷の裏手の道は、そのまま北に行くと、しばらくしてご隠居の家の前を通る道と交わっている。

蔵屋敷と道を挟んだ右側には、武家屋敷や武家長屋が並んでいる。各藩の蔵屋敷で働く武士や中間小者《こもの》たちの住まいだ。

武家の住まいの後ろは広い田圃《たんぼ》や雑木林となっている。田圃や雑木林の傍に、町家の貧しい長屋が軒を並べていた。田圃の中には大きな農家が点在している。少し離れて鎮守《ちんじゅ》の森に囲まれた神社があり、その近くに小さな農家が身を寄せ合うようにして集落を作っている。

同じ深川でも回向院の裏の北側ともなると、歓楽街から遠く離れて、だいぶ田舎臭くなる。

「ご隠居も、このあたりをうろうろと徘徊なさっておられたのですか」

「はい。時には、もっと遠く、両国橋を渡った向こう岸にまで御出でになっていました。それで、このままでは、ご隠居様はどこまで出かけておしまいになるか、分からなくなる。お戻りになれなくなるかも知れないとなり、美帆様も私も心配して、奥方様にご相談したのです」

「両国橋の向こう岸まで出かけた？」

「はい。その時には橋守りの番人が、たまたまご隠居様らしいお婆さんが一人、ふらふらと橋を渡って行くのを見て覚えてらした。私どもが橋守りの番人に問い合わせたら、教えてくれたのです。それで私どもも橋を渡り、手分けして浅草寺《せんそうじ》界隈を捜し回り、やっと仲見世をふらついているご隠居様を見付けて連れ戻しました。その時は、運よく見付けられましたけれど、今後は同じことが起こったら、分からないとなったのです」

龍之介は首を振った。

「ご隠居はお年寄りなのに、健脚《けんきやく》なのですね」

「いえ、お嶺様は剣客《けんかく》ではありませぬ。薙刀はお強いが……あっ」

光は思い違いに気付き、顔を真っ赤にさせて足を止めた。

「はい、御歳に似合わず、すごく健脚です」

「これまでに何度くらい、家を無断で抜け出し、徘徊を繰り返したのですか？」

「越して来てから、はじめは、ほぼ毎日のようにでした。でも、ご近所だと分かっていたので、あまり心配しませんでした。ご近所の人の目もあったので、すぐに行方が分かったのです」

「なるほど」

「それが、最近は、家を抜け出す機会は少なくなったものの、油断していると、突然に姿を消して徘徊なさる。それも、私たちが寝静まった夜に一人そっと抜け出し、徘徊なさるようになったのです」

龍之介は、まだところどころに雪が残った小道を、光と肩を並べて歩いた。光は通りに人の姿を見付けると、すぐに龍之介から三歩ほど下がって付いて歩く。

龍之介は苦笑し、後ろを付いて来る光を振り向きながら話した。

「ご隠居は、本当に惚けておられるのですかね。それがしには、そうとは見えないのですが」

「私たちにも、ご隠居様が惚けておられると思えないほど、しっかりしておられる時があるのです」

「大奥におられた時も、あのように辛辣《しんらつ》な言葉をぶつけていたのですか」

「とんでもないです。大奥におられた時には、それはそれはお優しくて、思いやりのある御方でした。宿下がりなさり、惚けてしまってからは、これが同じ人なのか信じられないほど人が変わってしまいました」

「そうですか。今朝のように、それがしに毒突いておられる時は？」

「惚けておられる時でございます」

「そうですか。それがし、逆に思っておりました。あの、人を馬鹿にした言い方をする時こそ、正気だろうと」

光は、くくくっと肩を震わせて笑った。

「まあ、ひどい御方ですね。それではご隠居様があまりに御可哀相」

「馬鹿にされるそれがしは、可哀相ではない？」

龍之介は振り返らずにいった。光は笑いながら答えた。

「お気の毒ですが、あれはご隠居様のご愛敬です。相良様を心から受け入れるまでの通過儀礼のようなものです」

「ご愛敬ですか。ですが、あんな風にいわれると、ひどく心が傷つきます。それがしでなくても、誰があんなひどいことをいうご隠居のために命を張れるかと思ってしまう」

「相良様、いまは我慢なさってください。決して、ご隠居様は本気であのような暴言を吐いているわけではありません。ああやって、人を怒らせ、人物の善し悪しを見ているのです」

「そうですか。ご隠居は人が悪いですな。それにしても、昨日はそれがし、ご隠居から小太刀で、危うく斬られるところでしたが」

「……ご隠居様は相手を見て、力量をお見抜きになっておられます。だから、相良様なら不意打ちしても、しっかりと対応する、そう信じてのことです」

「そうですかねえ。信じられない」

光の足が速くなり、龍之介と肩を並べた。

「でも、まさか相良様が梅の枝を花瓶から引き抜き、ご隠居様にわざと斬らせて、その切り口を、ご隠居様の喉元に突き当てるとは、ご隠居様は思いも寄らなかったでしょう。私も美帆様も唖然としました」

「それがしも咄嗟のことで、必死でしたからな」

「ご隠居様は、あの後、いつになくご機嫌でした。相良様は若いが見込みがあると、誉めちぎっておられました」

龍之介は笑った。

「そうだとしたら、今朝のご隠居は、別人でしたな。それがしの名前も歳も忘れている。そして、人を小馬鹿にした言い方をなさる」

「ですから、申し上げたでしょう。ご隠居様はお惚けになっているからだ、と。正気ではないのです」

「まだら惚け、ですか？」

「はい。そうだと思います。正気の時と、お惚けになっている時があります。ご隠居様は、惚けてなんぞおらぬとお怒りになりますが」

丁字路《ていじろ》を右に折れた。ご隠居の仕舞屋が見えて来た。母屋の縁側で陽なたぼっこをしているご隠居と御女中美帆の姿が見えた。

龍之介と光は、ゆっくりと歩いた。

「でも、相良様は、まだいい方です。ほかの方の中には相手の侍の腕前を疑い、ご隠居様は木薙刀《なぎなた》を持ち出し、庭で立ち合いましたからね」

神道無念流皆伝の元村のことだな、と龍之介は思った。

「立ち合いは、どうなったのですか？」

「お侍は、ご老体で、しかも女のご隠居様が相手では本気になれぬと、立ち合いを断られた。お怒りになられたご隠居様は、何もいわずに木薙刀でお侍の足を払った」

「ほう。それで」

「お侍は咄嗟に飛び退かれましたが、跳んだ先が大きな丸い庭石の上だったので、足を滑らせ、強《した》かに尻餅をつかれました」

龍之介は丸い庭石に尻餅をつく様を想像し、顔をしかめた。己れも磐梯《ばんだい》山中の岩場での稽古で、足を濡れた岩肌で滑らせ、強かに腰を打ったことがある。あの痛さは息が止まるほどだ。

「お侍は、参った参ったと、へっぴり腰をさすりながら、しばらく動けず、片手で待ったをかけました。さすがのご隠居様も、それを見て噴き出し、立ち合いはやめになりました」

「で、そのお侍は？」

「私たちは、お侍が心優しいし、ご隠居様と相性も良さそうだったので、いいと思ったのですが、ご隠居様は不採用とお叫びになった。即刻出て行けと、お侍を追い出したのです。お侍はお尻をさすりさすり、片足を引き摺りながら逃げて行かれました」

龍之介は元村の運の悪さを気の毒に思った。

「ほかにも用心棒志願の浪人がいたと聞きましたが」

佐々木某《なにがし》と梶原某の二人も、たった一日で追い返されたと聞いた。いったい、二人には、何があったというのか。

「はい。扇屋さんの紹介ということで、二人のご浪人が御出でになられました。一人はお背の高い、お痩せになられたお侍で、私たちから見ても、やや剣呑《けんのん》な雰囲気の方でした。お嶺様も何か気に障ったらしく、二言三言話すうちに、いきなり罵詈《ばり》雑言《ぞうごん》をお吐きになり、相手を罵倒なさった」

「それで」

「その方は逆上なさって席を立ち、このくそ婆あと捨て台詞《ぜりふ》を残して引き揚げてしまいました」

「ご隠居は、その侍の何が気に入らなかったのですかね」

「その方の立ち居振る舞いを見てのことでしょう。お侍が帰った後、ご隠居様は、すぐに玄関先にお塩を撒けとおっしゃった。あの男は信用ならん、これまで人を裏切り、何か悪事を働いている、といっていましたから」

「ふうむ」

「もう一人のお侍は、初めからご隠居様に、あろうことか、まるで幼児をあやすような赤ちゃん言葉で話しかけたのです。おそらく扇屋さんから、お嶺様がまだら惚けの老人と聞いていたからでしょう」

「そりゃあ、ご隠居も怒ったでしょうね」

「いいえ、それがお嶺様も人が悪い、すぐに赤ちゃん言葉で返したのです」

「なんといったのです」

「……いえません。口に出すのも恥ずかしくて」

光は袖で口元を押さえて笑った。

「お侍は呆気にとられていました。そのとたん、お嶺様は湯呑みの茶をお侍に浴びせたのです」

「……」

「そして、ごめんなちゃい、とお嶺様はからかい、あっかんべーをしたのです」

「…………」

龍之介は苦笑した。

「今度はお侍がお怒りになり、大刀を引き寄せ、抜こうとした。それを見たお嶺様は狼藉者《ろうぜきもの》と怒鳴り、木薙刀を引っ摑んで振り回し、お侍を追い払ったのです」

「そもそも、最初がまずかったですね。ご隠居を惚け老人扱いしたのがいけない。まして、赤ちゃん言葉を使うなどもってのほか」

「お嶺様は扇屋様を呼び付けてお叱りになった。それがあって、扇屋様はこの次は慎重に人を選び、一緒にこちらにお連れします、となったのです」

ご隠居は縁側に座り、のんびりとお茶を飲んでいた。

龍之介は足を止め、垣根越しにご隠居の姿を眺めた。

気難しいが、妙に人間味を感じさせるおもしろいご老体だな、と思った。

果たして正気なのか、それとも本当に惚けているのか。

龍之介はご隠居について考えあぐねた。

二

何事もなく五日が過ぎた。

その間に扇屋久兵衛が新しい小袖や下着などを差し入れてくれた。相良様は女の館に居られるのですから、身綺麗にしていないと、ご隠居様や御女中たちに嫌われます、と気を利かせてのことだった。

何日も着たきり雀《すずめ》だったので、小袖や下着は薄汚れ、臭いもする。さっそく新しい小袖や下着に着替えて身綺麗になった。

脱いだ小袖や下着を自分で洗濯しようとしたが、早速、美帆や光たちに奪われてしまった。講武所学生の時には下屋敷の洗濯場で、自分の下着などは、シャボンを使い、自分で洗う習慣がついているので、と断ったのだが、ここは下屋敷とは違います、と強引に奪われてしまったのだ。

母屋の庭の隅におんな物の洗濯物に混じり、龍之介の下着、小袖が物干し竿に吊され、風に揺れている。

龍之介は、その光景を目にすると、故郷会津の我が家を思い出した。いまごろ、母上や姉上は、いかがなさっておられるのだろうか。大槻《おおつき》家の奈美《なみ》は元気に暮らしているのだろうか、と案じた。龍之介の脱藩の話を聞いて、きっと、母上も姉上も奈美も、心配しているだろうな、と思った。こうして、初めての用心棒生活を送っていることを、いつか手紙で知らせねばなるまい。

「相良様、ご隠居様の姿がありません」

御女中の美帆が慌てた様子で、縁側に腰をかけていた龍之介に声をかけた。

「お嶺様は、さっきまで離れに居られたのに」

美帆は襷を掛け、小袖の袖を絞っていた。台所で夕餉の支度をしていた様子だった。

「まだ遠くには行っておられまい」

龍之介は急いで座敷に戻った。

「お嶺様、どちらに居られますかあ」

家の裏手から、御女中の光の声が聞こえた。

「それがしも、すぐに捜しに参ります」

「お願いします」

美帆の声を背にしながら、龍之介は刀掛けから脇差しを取り、腰に差した。羽織を引っ掴み、玄関に出た。雪駄を突っ掛けて外に飛び出した。

「源《げん》さん、お茂《しげ》さんは、北側をお捜しして」

家の裏手で、御女中の光が、下男下女の源と茂夫婦に指示を出していた。

裏手は光たちに任せ、龍之介は家の南側を捜すことにした。

この五日間、龍之介はご隠居宅の周辺の道や林、田圃の畦道《あぜみち》を歩き回り、おおよその土地鑑を身につけた。ご隠居が徘徊し、危険に遭遇しそうな箇所は、おおよそ見当をつけてある。

腰の脇差しを押さえ、真っ先に鎮守の森の裏手を流れる南割水川に駆けつけた。割水川には朽ちた木橋が架かっている。もしや、ご隠居が橋を渡ろうとして、足を滑らせ、川に落ちたかも知れない。

南割水川の流れは緩《ゆる》いが、人の腰ほどの深さがある。もし、ご老体が川に落ちたら、溺れてしまうかも知れぬ。春先の川は冷たい。若い者でも凍え死ぬ。

ざっと見回したが、下流にも上流にも、ご隠居の姿はなかった。龍之介はほっとした。次に危険な場所は、田圃に水を引く溜め池だ。溜め池は雑木林の陰にある。

龍之介は腰で躍る脇差しを押さえながら、雑木林に向かって駆けた。農家の前を駆け抜ける。庭先に放し飼いにしてある鶏たちが、龍之介の勢いに驚いて、けたたましく鳴きながらちりぢりになった。農家から年寄りの男が顔を出し、何事かと訝《いぶか》った。

龍之介は老人に叫んだ。

「このあたりを一人ふらつく老女を見かけなかったか」

「…………」老人の言葉は聞き取れなかったが、老人は回向院の裏の方を指差していた。指差した方角には町家の長屋が軒を並べている。

「かたじけない」

龍之介は礼をいい、とりあえず、雑木林に向かって走った。万が一、ご隠居が溜め池にはまっていたら、と心配してのことだ。

雑木林には、雀の群れが屯《たむろ》していた。龍之介が雑木林に駆け込むと、雀たちが一斉に飛び立った。

林を抜けると溜め池が見えた。子どもたちが溜め池で釣りをしていた。龍之介は子どもたちが騒いでいないのを見て、ご隠居は池に来ていない、と判断した。

残る危険な箇所は大川端だが、その前にさっきの農家の老人が指差した町家の長屋の集落に行ってみることにした。集落は回向院の敷地の裏手にあった。

龍之介は町家の長屋が見えてきたところで走るのをやめた。長屋の路地の角に、ご隠居の姿があった。ご隠居は、ぼんやりと路地を見ていた。

ご隠居は、あんなところで、何を見ているのか。

龍之介は興味を覚えた。無事な姿が見つかった以上、あえて騒ぐことはない。龍之介は近くのお稲荷《いなり》さんの小さな祠《ほこら》の陰に身を隠し、ご隠居を見守った。

ご隠居は寝巻姿だった。寝巻の上に、赤くて派手な打掛けを羽織っている。昼寝から起きて、そのまま家を抜け出した様子だった。

路地から赤ん坊を背負ったねんねこ半纏《ばんてん》の娘が一人出て来た。背の赤ん坊は風車《かざぐるま》を手にしていた。ご隠居は娘と二言三言言葉を交わして、風車にふーっと息を吹き付けた。風車がくるくると回る。赤ん坊がきゃっきゃと喜んだ。娘は背の赤ん坊を振り向いて笑った。ご隠居も微笑んでいる。

路地の奥から、女の呼ぶ声が聞こえた。娘が振り向き返事をした。

ご隠居はくるりと向きを変え、龍之介の居る方向に顔を向けた。龍之介は慌てて祠の後ろに隠れた。自分が何か悪いことをしている気分になった。少し時間が経ってから、恐る恐る祠の陰から長屋の路地の方角を覗いた。

ご隠居の姿はなかった。路地から出て来た娘は母親と何事か話し合っている。母娘が見ている方向に目をやった。

回向院の裏手の道は、武家屋敷街を抜けて、大川端の蔵屋敷街に続いている。その道をふらふらと歩くご隠居の姿があった。道は祠から畑一枚隔てているが、赤くて派手な打掛け姿は、よく目立つ。見失うはずもない。

龍之介はふーっと息をつき、お稲荷さんの祠の陰から踏み出そうとして、ふと足を止めた。

誰かに見られている。どこからか、強い視線が龍之介にあてられていた。その視線を逆に辿った。回向院の生け垣越しに、茶色の御高祖頭巾《おこそずきん》を被った女が一人、じっとこちらを見ていた。武家の女だ。女は龍之介が気付いたとみるや踵《きびす》を返し、龍之介に背を向け、回向院の伽藍《がらん》の陰に急いで消えた。

さっきまでは、おそらくご隠居を見ていたのだろう。ご隠居を尾行している龍之介に気付き、見ていたに違いない。

何者だ？

龍之介ははっとした。

ご隠居は？

さっきまで見えたご隠居の姿は視界から消えていた。

まずい。見失ったか。

龍之介は、祠の陰から飛び出した。腰の脇差しを押さえ、風を切って猛然と走り出した。田圃の間の小道は、回向院の後ろの道とほぼ並行に延びている。

赤い派手な打掛けが武家屋敷街の角にちらりと見えた。

龍之介は一瞬、安堵した。ご隠居は武家屋敷街を抜けて蔵屋敷街の間の道に向かおうとしている。

小道は武家屋敷と武家長屋の間の道に続いていた。小道は蔵屋敷に突き当たって丁字路になり、大川沿いに走る道に繋がる。いつか、光と肩を並べて歩いた道だ。

龍之介は丁字路で左の道に駆け込んだ。一丁も行かぬうちに、回向院の裏を走る道に走り込んだ。

ご隠居の派手な打掛けが、蔵屋敷の間を抜けて、大川端に出ようとしていた。万が一の場合の最大の危険箇所だ。この季節、大川は上流域に大量の雪解け水が流れこみ、水位が上がっている。水温も凍えるように低い。

河岸から大川に飛び込んだら、まず助けようがない。なんとか船を出して、救い上げても、たいていは凍え死んでいる、と聞く。

龍之介は蔵屋敷の間の道を駆け抜け、大川端の河岸に転がるように駆け込んだ。河岸の左右を見回した。

赤い打掛けを風になびかせたご隠居が河端に立っていた。頭を垂れ、いまにも大川に身を投げそうに見えた。

「ご隠居、お待ちください。早まらないで」

龍之介はご隠居に走り寄った。ご隠居の軀を抱き留めた。

「何をするか。無礼者」

ご隠居は怒鳴り、龍之介の腕を振り解《ほど》こうとした。

「ご隠居、早まらないでくだされ」

「何をいうか。なんだ、相良か。危ないではないか。このまま、二人で川に落ちたらどうするのだ？」

龍之介は、はっとしてご隠居に搦《から》めた腕を解いた。

「失礼いたしました。ご隠居様」

「何を慌てておる？　女を抱く時は、もそっと優しく抱かねば、女に嫌われるぞ」

ご隠居は笑っていた。

「もっとも、わらわは久しぶりに若い男に抱かれたが、歳は取っても、抱かれるのはいいものじゃな」

「は？　はい」

龍之介は頭を掻いた。ご隠居は涼しい目で龍之介に問うた。

「いったい、いかがいたしたのだ？」

「申し訳ありません。ただ、ご隠居が知らぬうちに家を抜け出され、こちらに来て、川をじっと眺めておられたので、てっきり」

龍之介はあとの言葉を濁した。

「てっきり、なんだと申すのだ？」

「ご隠居様が、もしかして入水《じゅすい》なさるか、と思い、思わず飛びかかったのです」

ご隠居は可笑しそうに笑った。ご隠居の笑顔を見るのは初めてだった。いつも見る顔は、ぶすっとして陰鬱《いんうつ》だった。それが、いまは破顔して笑っている。

「わらわは、御仏のお迎えが来るまでは死なぬ。まして、こんな冷たそうな川に入水するなどとはもってのほかじゃ」

「はい」

「わらわは、河岸に立ち、川の流れを見ていたのだ。相良、おぬしも川面を眺めてみよ」

「は、はい」

龍之介は大川の流れを眺めた。河岸の桟橋には、高瀬舟が何艘も横付けし、人夫たちが荷の積み降ろしをしている。

いつの間にか薄暮が迫っていた。富士山も茜《あかね》色に染まっている。日が傾き、西の空が赤く染まりはじめていた。

「……人生の無常を感じないか?」

「は、はあ?」

「ゆく川の流れは絶えずして、しかももとの水にあらず」

「方丈記《ほうじようき》でございますな」

「うむ。よどみに浮かぶうたかたは、かつ消えかつ結びて、久しくとどまりたるためしなし。世の中にある人とすみかと、またかくのごとし」

ご隠居は夕陽に向かい、朗々《ろうろう》と詠《えい》じた。

「……朝《あした》に死に、夕べに生まるるならひ、ただ水のあわにぞ似たりける……」

龍之介はご隠居の傍《かたわ》らに立ち、腕組みをした。ご隠居の暗唱に聞き惚れた。

「知らず、生まれ死ぬる人、いづかたより来たりて、いづかたへか去る。また知らず、仮の宿《やど》り、たがためにか心を悩まし、何によりてか目を喜ばしむる……」

どこからか川鵜《かわう》の鳴き声が響き渡った。川面を黒い鳥影が二つ三つ過《よぎ》って行く。ご隠居の声は続いた。

「……その、あるじとすみかと、無常を争ふさま、いはば朝顔の露に異ならず。あるひは露落ちて花残れり。残るといへども朝日に枯れぬ。あるいは花しぼみて露なほ消えず。消えずといへども夕べを待つことなし」

ご隠居は、惚けていない。龍之介は確信した。ご隠居はまったく正常だ。寝巻に打掛け姿だけは変だと思うが。

「どうだ、相良、人生は無常だと思わぬか」

龍之介はまた頭を掻いた。

「ご隠居、それがし、まだ人生駆け出しの若造でござる。そこまでになるには、まだ人生の修業を積まねば……」

「ご隠居様、こちらに御出ででしたか」

「よかった。相良様とご一緒なら、安心」

御女中の美帆と光の声が後ろから聞こえた。

振り向くと、白襷掛けした美帆と光が手に手に薙刀を抱いて立っていた。走って来たらしく、二人とも肩で息をしていた。

「どうしたのだ、二人とも、その格好は？」

ご隠居は驚いた顔で訊いた。

美帆がようやく落ち着いた声でいった。

「ご隠居様らしい御方を、お侍が追いかけていると、近所の人から知らせがあったのです。まさかそのお侍が相良様だとは思わなかったので」

「相良様がご隠居様を見付けていたのなら、そうと知らせていただかなければ」

光が口を尖らせた。

「ああ、申し訳ない。それがしも、無我夢中でご隠居を捜していたので、つい見付けたと知らせるのを忘れておりました」

龍之介は夕陽を浴びて、茜色に輝く二人の御女中の美しい立ち姿に見とれながらいった。

「さ、ご隠居様、その寝巻姿でうろつくのは、おやめください。みっともないです」

美帆がご隠居の寝巻姿に呆れた顔をした。

「そうかい。みっともないかい？　わらわは、少しもそうは思わぬが。こうして打掛けも着ておるし」

光も顔をしかめた。

「ご隠居様、御御足《おみあし》をご覧あそばせ」

ご隠居は足元を見た。裸足だった。

美帆が懐に挟んであった雪駄を取り出した。

「履物が残されていたので、たぶん、こんなことだろうと思い、足袋と雪駄をお持ちしました」

光も懐から足袋を差し出した。

「どうぞ、これをお履きになってください」

「おう、ありがとう。二人とも、よう気が利くのう」

ご隠居は喜び、美帆の肩に摑まって片足を上げた。光がしゃがみ込み、冷えた足を手で擦ると、手早く足袋を履かせた。

「ああ、温かいのう」

「はい、足袋の指先に唐辛子を入れてありますから」

光はもう片方の裸足にも手早く足袋を履かせた。

「さあ、帰りましょう。温かいお風呂に浸かってくださいませ」

美帆は優しくご隠居にいった。ご隠居は嬉しそうにうなずいた。

「相良様もですよ。お疲れ様でした」

美帆が付け加えた。

ご隠居は光の肩に手を置き、ゆっくりと歩き出した。

いつの間にか、周囲には野次馬たちが集まっていた。

白襷をし、島田髷《しまだまげ》にきりりと白鉢巻きをした美帆と光の二人が血相を変え、薙刀を抱えて走るのを見て、あとを追って来たらしい。

尻端折りした町奴《まちやつこ》たちが、「なんでえなんでえ、出入りじゃねえのかい、べらぼうめ」「せっかく美人さんの御女中とよ、講武所の若侍の決闘ってえ面白い出し物が見られるかと思ったのによう、もう幕引きかい。つまんねえ」などと言い合っている。

龍之介は騒ぎをよそに、薙刀を肩に担いだ美帆と並んで歩いた。少し前をご隠居が光に支えられて歩いて行く。

「美帆殿、ご隠居の優しさ、聡明さ、しかと見ました。ご隠居は正気です」

「存じています。でも、明日は分かりませんよ。いつも、こうだといいのですが」

美帆は哀しげに頭を振った。

どういうことなのだ。ご隠居はやはり日替わり惚けだというのか？

龍之介は首を傾げた。

三

今朝もご隠居が龍之介を見て発した第一声は「おぬし、見たこともない供侍だな。名はなんと申す？」だった。

龍之介が名乗ると、次はいつもの通りに、

「歳はいくつだ？」

「数え十九でござる」

龍之介も、いつもの通りに答えた。

「さようか。若いな」

ご隠居はうなずく。

そのあとに、悪口雑言がくる、と龍之介は覚悟したが、今日は違った。

「勤めに励め」

というなり、ご隠居は美帆と光を従え、玄関から外に出て行った。

今日のご隠居の身なりは、いつもとは違い、きちんとした小袖姿で、外出用の被布《ひふ》を着ている。いかにも武家の女としての気品がある装《よそお》いだった。

美帆も、きりりとした江戸褄《づま》に被布を着た外出着姿、光も振り袖に被布を着込んだ外出着姿だ。二人とも高く締めた帯の胸元に、懐剣《かいけん》を差し、いかにも武家の御女中らしく凜とした雰囲気をまとっていた。心なしか、二人とも、いつになくよそ行きの顔で澄ましている。美帆も光も龍之介に対し、綺麗に結い上げた島田髷を優雅に下げて会釈した。

「では、参りましょう」

美帆がささやくように龍之介にいった。

「御伴《おとも》いたします」

龍之介もいつになく他人行儀に答えた。

本日は、ご隠居が御女中二人を従え、日本橋の商家に買物に出かけるのだ。

家の前には、すでに武家の女を乗せる忍び駕籠《かご》が待っていた。駕籠舁《か》きの中間たちが、駕籠の周りに控えていた。大奥からご隠居に差し向けられた女乗物だった。駕籠には引き戸が付いている。

龍之介も裃《かみしも》こそ付けないが、羽織袴《はかま》姿で、腰には正式に大小の刀を差していた。念のため、刀の柄《つか》を包む刀袋は外してある。

先の雪の日に、桜田門外で、井伊大老を護衛する彦根藩士たちが、志士たちに襲われた時、刀袋をしていたため、すぐには刀を抜けず、遅れを取った。

ご隠居が襲われる危険はないだろうが、供侍として、万が一にもご隠居が暴漢に襲われた時、すぐに対処するため、常に警戒を怠らず、万全の用意はしておかねばならない。

外は春めいたぽかぽか陽気だった。

ご隠居を乗せた忍び駕籠は、下男下女の老夫婦とご近所の人たちに見送られ、静々と動きはじめた。

龍之介が先頭になり、中間たちが担いだ駕籠が続く。その駕籠のあとを、美帆と光が歩いて行く。

龍之介は急ぐでもなく、かといって、ゆっくり過ぎることもなく、淡々と同じ歩調で歩いた。時折、駕籠を振り返り、駕籠舁きたちの様子を窺う。

田圃道や裏道は避け、武家屋敷と蔵屋敷の間を抜ける公道を歩んだ。通りすがりの町人たちが、道端に除《よ》け、駕籠を見送った。

春風は、まだ肌に冷たかった。龍之介は懐手し、のんびりした気分で歩いた。

それにしても、と龍之介は思った。脱藩し、ごたごたした世情から身を遠ざけていると、こんなにも気楽でいられるのか。

桜田門外で井伊大老が暗殺されたことも、尊皇攘夷とか、開国佐幕とかの争いも、まるでどこか遠い国での話のように思える。すべてが、他人事にしか思えない。

そして、空気は新鮮で旨く、そよぐ風は爽快。遠くにくっきりと見える富士山はまだ雪を被っているが、いつになく雄々しく、屹然《きつぜん》として見える。降り注ぐ陽射しは明るくて、早くも初夏の気配を宿している。

道端には土筆《つくし》や蕗《ふき》の薹《とう》が顔を出し、たんぽぽが花開こうとしている。木々の枝には新芽が吹き出し、紅梅は満開に花咲かせている。

梅林にはヒヨドリたちが喧しく鳴き立てて飛び回り、梅の枝には、小粒な四十雀《しじゅうから》の群れや目白の番《つがい》がちょこまかと気忙《きぜわ》しく飛び回っている。

すべての事物がこぞって春の訪れを祝っていた。

龍之介は、会津藩の内紛のあれこれが、馬鹿馬鹿しく思えてきた。父牧之介や兄真之助の仇《かたき》を討つことなんぞも、阿呆らしくなった。

「みんな、人間が、小せえ小せえ。若い者はもっと海外に目を開け。世界はとんでもなくでけえぜ。こんなちっぽけな島国の日本に閉じこもっていては、井の中の蛙《かわず》になるのがオチだ。どうせ生きるなら、こせこせ小さく生きるよりも、大胆に大きく生きろ」

勝海舟《かつかいしゅう》は丸い地球儀を撫でながら、そんなことをいっていた。

勝海舟は咸臨丸《かんりんまる》で大海を渡り、実際にメリケンを見聞して帰ったばかりだった。あの時、小さな体付きの勝海舟が、とてつもなく巨大な人間に見えた。

ご隠居を乗せた駕籠の行列は、蔵屋敷と武家屋敷の間を抜け、大川端の道に出た。河岸に建った蔵と蔵の間に、大川の流れがちらちらと垣間《かいま》見える。

龍之介は胸を張り、大股で歩きながら、先日、西郷頼母からいわれたことを思い出していた。

椅子に座った頼母は腕組みをし、大きく目を開き、じっと龍之介を見つめた。

「龍之介、おぬしが若年寄一乗寺昌輔から呼び出され、厳しく譴責《けんせき》された仔細《しさい》は、大目付田中蔵典から聞いた。さぞ悔しかったであろう」

「はい」

「よくぞ自制した。もし、おぬしが昌輔に飛びかかっていたら、隣室に控えた昌輔の子飼いの侍たちが飛び出し、おぬしを問答無用で無礼討ちすることになっていた」

「さようで」

卑怯な、と龍之介は憤慨した。

龍之介は昌輔の前に出るにあたり、小姓たちに腰の大小を取り上げられ丸腰だった。その上、身体検査をされ、懐の奈美の簪《かんざし》まで取り上げられ、寸鉄《すんてつ》も帯びていなかった。

「さすがの田中も苦慮していた。どうやって、おぬしを助けようか、とな」

「……ありがたいことです」

龍之介は心の中で、大目付田中蔵典様に感謝していた。大目付がその場に臨席していてくれたお陰で、龍之介は暴走せず、自分を抑えることが出来た。

「昌輔は、おぬしの報告を讒言と決めつけ、直ちに国元に帰るよう命じたそうだな」

「はい。筆頭家老に報告し、そういう処断が下りるだろうと。講武所留学も取り消しだとも」

「昌輔め、相当に焦っておるな。わしの命まで狙わせるくらいだからな」

頼母は苦々しく言葉を吐いた。

「それで、龍之介、おぬし、いかがいたす？」

龍之介は、そのことでずっと悩んでいた。

国元の会津に帰れば、藩の処分が待っている。頼みの頼母も、家老会議では多数派の筆頭家老一乗寺常勝に抗する力はない。

龍之介は考えあぐねた上で決心した。

「それがし、脱藩いたします」

「なに、脱藩いたすだと」

頼母は驚いた。龍之介は胸を張った。

「はい。昌輔の薄汚い画策や恫喝《どうかつ》に屈するつもりはありません。ならぬことはならぬものです」

頼母は龍之介を頼もしそうに見つめた。

「そうだな。わしがおぬしだったら、わしも脱藩するだろう。よくぞいった」

頼母は、目を閉じた。

「わしは、会津の若者に期待していた。長州、薩摩、水戸、土佐《とさ》をはじめとする地方大藩では、ぞくぞく若い者が、この国を思い、脱藩してでも、己れの信念を貫こうとしている。会津からも、そういう若者が出てほしい、となる」

「…………」

龍之介はなんとも返事のしようもなく黙っていた。

頼母はかっと目を開いた。

「脱藩して、おぬし、いかがいたすのだ？」

「なんとしても、昌輔殿の汚職や兄真之助殺しの真実を暴《あば》くつもりです」

「龍之介、いつまでも、そんな小さなことにこだわっていては駄目だ。もっと大志を抱け」

「昌輔殿の犯罪を追及することは、藩政を正すことです。それがしにとっては、父牧之介や兄真之助の汚名を晴らすことでもあります。決して小さなことではあり……」

「小さい小さい、小さすぎる。勝先生の言葉をなんと聞いた？　小さな島国の中で、さらに小さな藩の中で、こちゃこちゃと争い事をしてどうする？　日本はいつまで経っても、エゲレスやメリケンのような近代国家に追い付けないぞ。若い者が大志を抱き、日本の旧い慣習やしきたりを廃し、日本を改革していかないで、どうするのだ？」

「はい……しかし」

「勝さんから聞いた。土佐を脱藩した坂本《さかもと》竜馬《りょうま》という若者は、これまでの旧い日本を変えようと、藩の垣根を越えて画策し奮戦しているそうだ。脱藩する以上、小さなことにこだわらず、日本を動かすといったくらいの気持ちで、大義を果たせ」

「……大義ですか」

龍之介は面食らった。

「そうだ。世のため、人のための大義だ。たとえば、フランスでは、その大義を三色旗の国旗にして掲《かか》げている」

「三色は何を表しているのです?」

「青色は自由、白色が平等、赤色は博愛友愛を示しているそうだ。フランスは国を上げて、自由平等博愛を大義としている」

龍之介は講武所の教官をしているオスカー大尉やライアン大尉を思い浮かべた。彼らは、三つの大義を抱いて活動していたのか。

「とはいっても、おぬしは、もっと世の中を見聞する必要がありそうだな。日本の大義とは何なのかを摑むためにな」

「はい。それがしも、そう思います」

「おぬしが脱藩するにあたり、先に出した密命は取り消し、新たな密命を出そう」

先に出された密命は、父牧之介の自決の真相と、兄真之助乱心の真相を究明して、報告せよだった。

「新たな密命は、大義を見付けろ、だ」

「大義を見付けるのですか？」

龍之介はきょとんとした。あまりに漠然として摑みどころのない密命だった。

頼母はにんまりと笑った。

「そうだ。難しい密命だぞ。そのために、おぬしは、しばらく藩を離れ、世間を見て参れ。国内遊学を命じる。そのための資金は、わしが出そう」

龍之介は、母と姉のことを考えた。自分が脱藩したら、藩は己れへの処分として、会津にいる母たちを罰するのではないか。そのことは、脱藩するにあたり、最も心配したことだった。

「頼母様に折り入ってお願いがあります」

「なんだ？　申せ」

「それがしが脱藩したあと、国に残した母と姉が心配です。それがしへの処分は止むを得ないと諦めますが、母と姉まで処分が及ぶことになるといたたまれません」

「分かった。わしが望月家の母者と姉者を守ろう。約束しよう。安心いたせ」

「その代わりとは申しませんが、それがしの国内遊学のための資金は、母と姉にお回しいただけませんでしょうか」

「おぬしは、どうするのだ？　浪人生活をする金は必要だろう？」

「そのくらいは、なんとか自分で稼ぎます。脱藩する以上、人の援助をあてにするつもりはありません」

「よし、よくいった。しかるべき遊学資金は、望月家に回すことにいたす。しかし、本当に困ったら、わしを訪ねて参れ。いいな」

「ありがとうございます。密命、果たさせていただきます」

龍之介は、ふかぶかと頼母に頭を下げた。


「相良様、橋の袂《たもと》に着きました」

美帆の声に、龍之介ははっと物思いから我に返った。駕籠の一行は、両国橋に差しかかっていた。

「ご隠居様は、駕籠から降りたいそうです。歩いてお渡りになりたいと申されています」

「さようか」

龍之介は、橋を行き交う人々に目を走らせた。一渡り見回したが、襲って来るような人物はいない。

美帆がしゃがみ込み、駕籠の引き戸を開けた。駕籠の中からご隠居が、そっと両の足を出した。光が手早く、ご隠居の足に雪駄を履かせていた。

橋は太鼓橋となっている。ご隠居を乗せたまま駕籠で太鼓橋を上り下りして渡るのは、やや危険だった。駕籠が傾いた拍子に、ご隠居が駕籠の中から転がり出かねない。ここはご隠居に徒歩で渡っていただく方が、安全だった。

美帆はご隠居の手を取った。ご隠居は美帆の手を支えに駕籠から降りた。

「では、参りましょう」

ご隠居はきっとした顔でいい、美帆に導かれるようにして、橋の上を歩き出した。

橋の袂の広場には、芝居小屋や露店が並び、お祭りのような賑わいだった。広場のあちらこちらで、大道芸人たちが演技している。周囲を取り囲んだ群衆が、芸人たちの大道芸に、拍手や歓声を上げ、笑い声を立てていた。

ご隠居ならずとも、そんな広場の賑わいを耳にしたら、駕籠から降りたくなる。

龍之介は、今度はご隠居たちを先に行かせることにした。雑踏の中、美帆と光はご隠居を左右から抱えるようにして歩く。その背後から、龍之介が前後左右の人込みに目を走らせて、ゆっくりと歩いた。

万が一、暴漢がご隠居を襲う気配があったら、まずは美帆と光が盾になってご隠居を守る。そして、龍之介が前に出て、対応する。その間に、美帆と光がご隠居を避難させる手立てだ。

雑踏には、巾着切《きんちやく》りもいる。美帆も光も、それは心得ている。龍之介は初めての警護とあって、あたりの人込みに目を走らせ、油断することはなかった。

ご隠居は、居合い抜きを眺めたり、綱渡りの女芸人を見上げたり、見世物小屋の前で、呼び込みの口上を聞いたり、楽しみながら歩いている。

一度ならず、巾着切りと思《おぼ》しき若い者が、ご隠居の面倒を見ていた美帆や光に近付いたが、龍之介がすかさず、前に出て、男の手を逆手に取って腕を捩《ね》じ上げた。巾着切りは、苦痛の声を上げて、龍之介の手を振り払い、「覚えてやがれ。さんぴん」と捨て台詞《ぜりふ》を残して逃げ去った。

美帆も光も慌てて懐に手をやり、掏られていないと分かると、ほっとした顔をする。

その間にも、ご隠居は金魚掬いの人垣に割り込み、子どもたちに混じって金魚掬いに興じていた。ご隠居は年寄りには似合わぬ巧みな手捌きで何尾も金魚を掬っては、子どもたちに分け与えていく。店の主は不機嫌な顔でご隠居を眇《すがめ》で見ていた。

見かねた美帆が笑いながらご隠居にいった。

「ご隠居様、そろそろ、行きましょう。買物の時間がなくなりますよ」

「ああ、そうかい。せっかく、金魚掬いの調子が出てきたのにねえ」

ご隠居はしぶしぶ立ち上がった。店の主が満面の笑顔に戻り、「まいどあり。またどうぞ」と愛想をいった。

ご隠居は、その後は、あまり露店に興味を持たなかったので、途中で立ち止まることもなく、順調に歩いて行った。

ようやく雑踏を抜け出した。

龍之介は、ほっと安堵した。ご隠居は、美帆と光に挟まれ、何事かを笑いながら話している。

龍之介は、ふと誰かに尾行されている気配を感じた。雑踏の中に見え隠れしながら、何者かがご隠居たちの様子を窺っている。

龍之介はくるりと振り返った。抜け出したばかりの雑踏の中に、何度も見かけた風体の人影があった。人影はするりと身を躱し、雑踏の奥に消えた。

一瞬でしかなかったが、男の人影に見えた。武士ではない。腰に刀を差していなかった。頭は町人髷だった。

龍之介はまた前を見て歩き出した。

ご隠居たちはいそいそと歩いて行く。
めざすは日本橋の呉服屋越後屋《えちごや》。
忍び駕籠は、すでに先回りをして越後屋の店先に着いている手筈になっていた。

## 四

龍之介は、ご隠居たちが買物をしている間、近くの茶屋の店先の長椅子に腰掛けて、団子を食べながら、秩父《ちちぶ》茶を飲んでいた。龍之介のいる所から、越後屋の店先が見えた。店の前には、忍び駕籠があった。駕籠舁きの中間たちが屯《たむろ》していた。

両国橋の広場の賑わいに比べれば、日本橋の商店街は、静かなものだった。往き交う人影も、武家の奥方や御女中たち、町家のお内儀や振り袖姿の娘たちが主だった。

龍之介が、のんびりと串団子を齧《かじ》ろうとした時だった。思わぬ男の声がかかった。

「おい、望月じゃないか」

団子を頬張りながら振り向くと、道端に、なんと笠間慎一郎《かさましんいちろう》が立っていた。

笠間慎一郎は、会津藩士で、日新館の一年先輩だ。一緒に講武所学生隊に派遣され、厳しい訓練をともにした学生だった。

「こんなところで何をしているんだ？」

「買物につきあって、ここで出て来るのを待っているんです」

「買物だと？　誰の買物だ？」

龍之介は、団子の欠片《かけら》をごくりと飲み込んだ。笠間慎一郎は、きっと根掘り葉掘り、事情を訊きたがるだろう。どうごまかすか、龍之介は焦った。

「ちと複雑な事情がありましてね。笠間さんこそ、ここで何をしているんです？」

龍之介は、笠間が質問をぶつけてくる前に、機先を制して質問の矛先を変えた。

「おれか？」

「立っていてもなんですから、ここに座ってください。仲居さん、お茶をもう一つお願いします」

「串団子も」

笠間は付け加えて叫んだ。

店の奥から「はーい」という声が返った。

笠間は龍之介の隣に腰を下ろした。

「おれも、ちと説明しにくい事情があってな。買物につきあって、ここへ来ているんだ」

笠間は少し照れた様子だった。

「どなたの買物ですか？」

「さる商家の奥方、いや、お内儀と娘子に付き添って参った。龍之介、おぬしは？」

「それがしも、さるご隠居に御伴をして参っています」

「越後屋か？」

笠間は目で越後屋を指した。

龍之介はうなずいた。

「笠間さんは？」

「隣の伊勢屋《いせや》だ。しかし、女の買物は長い。どうでもいいことであれこれ迷っている」

「それが、楽しみなのでしょう」

「ところで、おぬし、脱藩したというのは、本当か」

それ、質問が始まったと龍之介は思った。

「お待ちどおさま」

仲居が盆に載せた串団子の皿とお茶を運んで来た。笠間がお茶を入れた湯呑み茶碗を受け取り、飲み出す間に、なんと答えようかと考えた。

「三田藩邸では、おぬしが、黙って藩邸を出て行ったので、一時は大騒ぎだったぞ。もしかして、自害したのではないか、とな」

「ご心配をおかけしました。みなさんに謝っておいてください。申し訳ないと」

「謝るのはおぬしがしろ。で、おぬしは、どうして脱藩したのだ？」

「説明がしにくいんです」

「若年寄の昌輔殿と何か確執があったと聞いたぞ。本当か」

「詳しい事情は話せません。ご勘弁を」

「いえないか。しようがないな」

笠間はじろりと龍之介を見ると、串団子を一個齧り、話の矛先を変えた。

「おぬしに講武所から召集がかかったのは、知っておるか？」

「いや。知りません」

「そうだな。藩邸から出奔《しゅっぽん》して、行方知れずになっていてはな。おぬし、講武所はどうする？」

「……戻りたいですが、脱藩した以上、講武所通いは無理かと思います。藩からの通知を受け、きっと学籍も除かれているかと思います。うっかり、のこのこ出て行けば、脱藩者として、拘束され、藩に引き渡されかねない」

「ううむ。先生たちは、おぬしが来ないので、がっかりしておった。望月は、どうしたのか、とそれがしに訊くのだが、それがしも分からなかったから答えようがなかった」

「竜崎大尉やライアン大尉、オスカー大尉によろしくお伝えください」

「分かった。きっと残念がるぞ。おぬしにかなり期待しておったからな。かつての仲間も、おぬしはどうした、と心配しておったしな」

笠間は串団子を頰張り、お茶をがぶがぶと飲んだ。龍之介は一緒に苦労した蔵原《くらはら》小隊の同僚たちを思った。短い間だったが、同じ釜の飯を食った仲間たちだ。いまでも信頼は崩れない。

「井伊大老の圧政が消えて、陸は近代派の先生たちの天下になった。講武所はたいへんな様変わりをしそうだ。海軍伝習隊に対抗して、陸の伝習隊もまもなく発足するらしい」

「そうですか。陸軍も近代化が始まりますか」

「本格的に幕府陸軍ができそうだ。おれたちも、加えてくれるらしい。安政の大獄が終わり、一気に開明派《かいめいは》幕閣が勢い付いている。これからおもしろくなるぞ」

「ところで、鹿島明仁は、どうなりました？」

「おう、そうだ。鹿島明仁は獄から釈放されて、昌平坂学問所《しょうへいざかがくもんじょ》に戻ったと聞いた。獄中で軀を壊し、出て来ても、すぐには学問所に行けず、宿舎に伏せっていたらしい。いまは、元気を取り戻し、学問所に通っているそうだが」

「それは何より。そうと聞いて安心しました」

越後屋の店先に、ご隠居とともに、美帆と光の艶《あで》やかな着物姿が現われた。店の中で、外出着を脱いで寛《くつろ》いだ様子だった。

「相良さまあ」

光が龍之介に手を振った。美帆もお辞儀をしている。龍之介は手を上げて応えた。

「では、先輩、失礼いたす。ご隠居たちが店をお出になられたので」

龍之介は懐から財布を出した。

「おいおい、あの綺麗な御女中たちに御伴していたのか」

笠間は食いかけの串団子を掲げたまま、啞然として、美帆と光の姿に見とれていた。

「相良さまあ、早《はよ》う来てくださいませ」

光がまた龍之介を呼んだ。龍之介は盆の中に、笠間の分も含めて小銭を置いた。

「龍之介、おぬし、相良と呼ばれているぞ。変名したのか」

「では、御免」

龍之介は答えず、笠間に会釈をし、茶屋を出た。急いで道を渡り、越後屋の店先に戻った。

ご隠居はすでに駕籠に乗り込んでいた。龍之介が戻ると、駕籠舁きたちは駕籠を担ぎ上げた。

店の番頭や手代たちが見送りに出ていた。

「まいどありがとうございました」

来た時と同じように、駕籠の左右に美帆と光が付いている。

半開きになった引き戸から、ご隠居が顔を出した。

「お知り合いか」

「はい。旧知の先輩です」

茶屋を振り向くと、串団子を掲げたまま、口を開け、こちらを見ている笠間の姿があった。

「では、参りましょう」

龍之介は笠間に軽く頭を下げ、駕籠を先導し、静々と歩き出した。

通行人たちは龍之介たちの行列に、左右に割れて道を開けた。男も女も足を止め、美帆と光に守られた忍び駕籠の一行が通り過ぎるのを見送った。

物見高い人たちは立ち止まり、凛とした江戸褄姿の美帆と艶やかな振り袖姿の光に、うっとりと見とれていた。

龍之介は、晴れがましいような、照れ臭いような複雑な思いを抱きながら、しっかりと前を見て歩いた。

## 五

その夜、ご隠居は昼間の外出で疲れたのか、風呂に入った後、早めに床に就いた。今夜のお付きの当番は光が務めた。

龍之介も、昼間の緊張が解け、夕餉の後まもなく、眠気に襲われ、いつになく早めに就寝した。

深夜、ふと人の動く気配に目を覚ました。闇の中で、かすかに衣擦《きぬず》れの音がした。龍之介は座敷に寝ている。襖を隔てた隣の間から衣擦れが聞こえた。今夜は隣の四畳半には、美帆が寝ていた。

衣擦れは廊下に出、台所に移って行く。やがて裏口の戸の心張り棒が外される音がして、静かに戸を開ける音がした。月明かりが台所に差し込んだ。ほんのりと座敷の障子戸を明るくした。やがて、戸が閉められ、誰かが出て行く気配がした。台所に暗闇が戻った。

美帆が厠《かわや》に出たのだろう。厠は外にある。

龍之介もつられて厠に行きたくなった。昼間、だいぶ茶を飲んだせいだ。いったん尿意を感じると、しばらくは我慢出来るが、次第に我慢出来なくなってくる。美帆はなかなか戻って来る気配はない。

龍之介は掻巻《かいまき》を撥ね除け、寝床から抜け出した。厠に行かずとも、男はどこでも用を足すことが出来る。裏手の垣根の外には畑が広がっている。

座敷と台所の境の障子戸を開けた。裏口に下り、下駄を突っかけ、外に出た。

月明かりが家の周りをまるで昼間のように青白く照らしていた。厠は風呂場と物置小屋の間にある。

暗い厠の中でしゃがんでいる美帆を脅かさないように、龍之介は下駄の音を忍ばせて歩いた。

母屋の裏手に回った。生け垣の木戸を開けようとして、手を止めた。どこからか、かすかに話し声が聞こえた。

こんな夜更けに、誰が話しているのだろう？

話し声は物置小屋の裏から聞こえる。

龍之介は耳を澄ました。女の話し声だと分かった。何を話し合っているのか。内容は分からない。だが、一人は美帆の声だった。相手も、女の声だった。

龍之介は下駄を脱ぎ、足音を忍ばせて、物置小屋に近寄った。

「……に伝えて。かぎはしを……もぐらせ、はなを探せ……。時間がない……急いで」

美帆の声だ。相手が答えた。

「やってみます。……にあたってみます」

「お願いね。……さとられないよう、慎重に」

「はい。では」

会話が終わった。相手が物音を立てずに去って行く。美帆は相手を見送り、静かに戻る気配だ。

龍之介は裸足で爪先立ちになり、急ぎ裏口に戻った。美帆の影が戻って来る。

龍之介は、わざと音を立てて裏口の戸を開け閉めした。美帆の影がさっと止まった。

龍之介は下駄を履き直し、裏口の前に立った。咳き払いした。

美帆の影が厠の方から現われた。

「あ、相良様」

美帆は驚いた声を上げた。

龍之介は両腕を天に伸ばし、大きく背伸びをした。

「美帆殿か。今度は、それがしが厠へ参る。心張り棒は掛けないでくれ。閉め出されては困りますのでな」

「はい。開けておきます。では、おやすみなさいませ」

美帆はほっとした声でいい、頭を下げた。

「おやすみなさい」

龍之介はうなずき、下駄の音を立てて、厠へと向かった。

龍之介は厠に入り、暗がりの中で、立ち小便をしながら考えた。

美帆は、こんな深夜、いったい誰と話していたのだろうか。話しぶりから、美帆が上役で、相手に何事か指示を出しているように聞こえた。

「……に伝えて。かぎはしを……もぐらせ、はなを探せ。……」

かぎはしを……もぐらせ？

かぎはしとは何だ？　もしかすると、かぎあし、だったかも知れない。小声だったので、はっきりとは聞き取れなかったが、そんな風に聞こえた。

かぎはしを……もぐらせる？

はなを探せ？　何の花を探せというのか？　端《はな》から探せ、とも取れた。

「時間がない。急いで」

時間がないという美帆の声には切羽詰まったものがあった。

いったい、何の話なのだ？　美帆と相手は、何をしているというのだ？

小便を終えた。厠を出てあたりを見回した。

怪しい人影はない。

美帆はお付きの御女中として以外に、ご隠居にも俺にも内緒の密命を帯びているのかも知れない。誰の命令で？　御上のか、あるいは奥方様のか、それとも藩要路の誰かの？

会津藩の内紛抗争に辟易《へきえき》しているのに、これ以上、ほかの藩のわけが分からぬ抗争に巻き込まれたくない。触らぬ神に祟《たた》りなし。くわばらくわばら。

龍之介は手水桶の水で両手を洗った。

月は十三夜ほどで、あたりを白い雪景色のように照らしていた。どこからか、雄鶏《おんどり》の朝を告げる啼き声が響いて来る。

急に寒さに襲われた。薄い寝巻姿では、さすがに夜はまだ寒い。龍之介は肩を窄《すぼ》め、急いで裏口に戻り、台所に入った。竈の残り火で、空気はまだ温かい。

龍之介は雑巾で足を拭い、板の間に上がった。座敷に戻り、まだ温もりのある寝床に潜り込んだ。襖越しに隣の部屋の気配を探った。何の気配もない。美帆は眠りについている様子だった。龍之介は吐息をつき、綿入れの搔巻を被った。すぐに眠気が襲ってきた。

# 六

朝目覚めると、起き抜けの美帆は何事もなかったように、龍之介に「おはようございます」と挨拶した。

龍之介も昨夜のことは忘れたかのように挨拶を返した。

だが、龍之介は、いつものように明るく振る舞う美帆を、以前と同じように見ることが出来なかった。

美帆は何かを隠している。

ただのお付きの御女中ではない。いったい、どのような使命を帯びているのだろう。

離れから現われたご隠居は相変わらず、龍之介を見ると怪訝《けげん》な顔をした。

「おぬしが、新しい供侍かい。名はなんと申す?」

龍之介はご隠居の前に正座した。

「相良龍之介と申します」

「若いな。いくつだ?」

「数え十九でござる」

いつものやりとりなので、龍之介は下を向き、笑いを堪えた。

「まだ青二才の毛才六だな」

さあおいでなすった。龍之介はご隠居の顔を見た。今日は、どんな悪口雑言を浴びせてくるか。

ご隠居はじろりと座った龍之介を見下した。

「まだ卵の殻を尻に付けておろう。せいぜい励め」

それだけいうと、美帆に連れられ、ご隠居は離れに引き揚げて行った。今日もやけに大人しい。普通の嫌味ではないか。拍子抜けした。

卵の殻を尻につけているとは、まだ孵《かえ》りたてのひよっこということか。いえている。

己れは、用心棒の駆け出し、ひよっこに違いない。

光がくすくす笑いながらいった。

「はい、ひよっこ様、朝餉のご用意ができました。今朝は生卵ですよ。召し上がれ」

囲炉裏端に置かれた箱膳には、生卵が一個、小皿に載っていた。龍之介は卵の殻を割り、小さな器に入れた。殻を見て思った。

ご隠居は、この生卵を召し上がり、とっさにさっきの言葉をいったのだな、と思った。

龍之介は器の中の卵の黄身と白身を、箸で掻き回して混ぜあわせ、醤油を少々垂らす。また掻き回し、ほかほかに湯気が立つ白いご飯にかける。ついで箸でご飯を掻き混ぜた。ほんのりと芳しい卵の匂いが、ご飯から湯気と一緒に立ち昇り、鼻孔をくすぐった。そして、卵かけご飯を、箸で一気に口に掻き込む。とろりとした卵と美味なる白米が絶妙に混じり、舌の上に広がる。満足満足。

生卵かけご飯さえあれば、何がなくても、龍之介は満足だった。この家の朝餉には、夕餉にもだが、必ず古くて萎《しな》びた褐色の沢庵漬と昆布煮《に》が添えられる。加えて熱く芳ばしい赤味噌の味噌汁だ。

龍之介が箱膳に座り、ほくほくした思いで朝飯を食べている時に、玄関先で訪いの声があった。

「はーい」

隣で龍之介の相伴をしていた光が、返事をしながら立ち上がり、玄関先に急いだ。

振り向くと玄関先に扇屋久兵衛が立っていた。

俺に会いに来たのに相違ない。

龍之介は古漬けの沢庵の一切れを口に放り込み、こりこりと音をたてて食べ、急いで残りのご飯を掻き込んだ。

「ご隠居様はいらっしゃいますかな」

「はい、おります。お待ちしておりました。どうぞ、お上がりくださいませ」

なんだ、久兵衛はご隠居に呼ばれて参ったのか。

だったら、急いで食べずともよかった。まだ卵の黄身が茶碗の縁に付いている。

「扇屋様、少々お待ちくださいませ」

光は久兵衛に言い残し、離れに消えた。

扇屋久兵衛は、ずかずかと無遠慮に板の間に入って来た。

「今日は、ご隠居様からお呼びがかかりましてな」

「うむ?」

久兵衛は龍之介の脇にしゃがみ、小声で聞いた。

「相良様、もしかして、何かやらかしましたか?」

「いや、何も。……と思うが」

何かやらかしたか、まったく記憶がない。

龍之介は空いた茶碗に囲炉裏の鉄瓶を傾け、熱湯を注ぎ込んだ。箸を湯に入れ、かき回す。茶碗にこびり付いた卵の黄身が黄色い滓《かす》となって、湯に浮かんだ。龍之介は息を吹きかけて湯を冷ましながら飲む。

「だったら、いいんですがね。急にお使いさんが来て、ご隠居様がお呼びです、すぐ来てくださいっていうんで、もしかして相良様が何かやらかしたんじゃないかと、心配してやって来たんですが、そうでなくって、私も安心しました」

久兵衛は髯面を崩して笑った。

「今日は契約した十日の期限が切れる日です。今後、いかがなさるか、美帆様にお会いして相談しなければならない、と思っていたので、ちょうどよかった」

そうか。もう十日の期限が切れるか。

龍之介は腕組みをした。日時の経つのは、本当に早い。光陰矢のごとしというが、ここへ来てから今日まで、あっという間だった。

「相良様、念のため、お訊きしておきます。このまま、お続けになりたいですか？それとも、お辞めになりたいですか？」

「うむ。ようやく、仕事に慣れたところでござる。できれば……」

「続けたい、ですね。でも、ご隠居様次第ですので、それは覚悟なさっていてください」

「贓《くび》か、そうでないか、でござるな」

「はい。あとは、すべて私にお任せください」

久兵衛はにんまりと笑った。

光が戻って来た。

「扇屋様、離れにどうぞ。ご隠居様がお待ちかねです」

光が硬い表情でいった。扇屋は立ち上がり、光について、離れへ歩き去った。

龍之介はふと不安になった。

ご隠居がわざわざ扇屋久兵衛を呼んだのは、俺の苦情をいうためではないのか。口さがないご隠居のことだ。久兵衛に俺についての悪口雑言を並べるのではないのか。

それにしても、と龍之介は思った。思い当たることはない。もしかして、昨日の買物行きで、ご隠居の何か気に障るようなことをやったのだろうか。

「相良様、お膳、そろそろ片付けてよかんべか」

下女の茂が板の間に上がって来た。

「あ、もちろん、ご馳走さまでした」

茂は笑いながら、膳を下げ、洗い場に運んだ。

離れから笑い声が聞こえた。ご隠居と久兵衛のほか、美帆や光の声も混じっている。

龍之介は居たたまれなくなり、座敷に戻った。鏡台の鏡に掛けてあった布をめくり、鏡に映った己れの顔を覗いた。

月代に細かな毛が伸びはじめている。不精髭ならぬ不精髪か。素浪人らしくはなるが、少々、みっともない。そろそろ、髪結いに剃りを入れてもらわねばなるまい、と龍之介は思った。

あるいは、髷をすっぱりと落とし、ざんぎり頭になる手もある。いったん髪を剃り落として、丸坊主になる。初めは格好が悪いが、剃髪《ていはつ》したと思えばいい。二、三ヵ月すれば、髪が生え揃ってくる。半年ぐらい、むさい頭を我慢して後ろでまとめれば、総髪になる。あるいは、オスカー大尉やライアン大尉のように整髪し、ざんぎり頭でやっていく。

廊下に笑い声が起こった。扇屋久兵衛と美帆が笑いながら離れから出て来た。

二人は、いい雰囲気だ。どうやら新しい契約の話がまとまったらしい。

「相良様、お話があります」

久兵衛は、座敷に入ると、早速に龍之介の前に座った。美帆も隣に正座した。

「ただいま、ご隠居様から、厳しいお叱りの言葉を頂きました」

「厳しいお叱り？」

なのに、久兵衛も美帆も笑顔になっている。どういうわけなのか？

「なぜ、最初から相良様を寄越さなかったのだ、と叱られたんです。扇屋は相良様を隠しておいて、気に入らぬ浪人を三人も寄越し、ご隠居様を煩《わずら》わせた。初めから、なぜ相良様を紹介しなかったのか、と文句をいわれたんです」

「さようですか」

龍之介はほっと安堵した。久兵衛は笑いながらいった。

「これは、先に悪い商品をいくつか見せておいて、あとから買わせたい品を出して比べさせ、少しでも高く売り付ける悪徳商法と同じやり方ではないか、と」

「それがし、商品ではござらぬが」

龍之介は少しばかりムッとした。

「それは分かってます。ご隠居様は、扇屋が相良様をそんな品物のような扱いをしている、けしからんとお怒りになったのです。もちろん、扇屋久兵衛、そんな阿漕《あこぎ》なことはいたしません、と申し上げましたが」

美帆が付け加えるようにいった。

「ご隠居様が、そんなことをおっしゃるのは、相良様をとてもお気に召してのこと。本日は約束の十日になると知って、急いで源さんを使いに出し、扇屋様をお呼びし、このまま相良様にお願いしたい、と申し上げたのです。相良様に引き続き供侍として勤め願いたい、と」

「さようですか。それがしのような、毛才六の青二才をお認めいただくとは、恐悦《きようえつ》至極《しごく》にござる」

「相良様、ご隠居様が相良様を気に入ったわけの一つは、いくら、面前で悪口をいっても、相良様は平気の平左、さらりと聞き流す。これは、いまの若い者にはなかなかできぬことと、ご隠居様は相良様に感心なさっているのです。相良様はいつか大物になられると」

「ご隠居も人が悪い。それがし、平気の平左衛門ではござらぬ。ご隠居の悪口雑言には、毎回結構心が傷ついております。ただ最近は、ご隠居の悪口に慣れてしまい、次はどんな悪口が飛び出してくるか、少し楽しみにもなりましたが」

美帆はくすくす笑った。

「前に申し上げましたが、ご隠居様は、そうやって人を怒らせ、信用できる人か否かを見極めようとしているのです。ご隠居様は、どんな場合にも怒りを抑えて自制し、冷静に物事に対処できる人が、信頼できる人だと申されています」

「こういってはなんですが、ご隠居自身は、どうなのですかね」

「内緒ですが、ご隠居様は直情径行です。すぐにお怒りになられる。だから、自制できる人を尊敬なさるのです」

「やはり。それがしも、そう思っていました。自分にできないことを他人に求めるもだと」

「ご隠居様は、結構我儘なのです」

扇屋久兵衛が、龍之介に向いた。

「それで、相良様、今後のお話ですが、ご隠居様のご意向を汲んで、美帆様と相談した結果、まずは期間を三ヵ月に延長したい、ということですが、いかがでしょうか」

「ありがたいことですが、三ヵ月はお断わりします」

美帆が怪訝な顔をした。

「え？　お断りになられる？　やはりもっと長くですよね。ご隠居様も私も、扇屋様に三ヵ月では短い、まずは半年でいかがですか、一年でもいいと申し上げたんですよ」

「いいえ。もっと短くしたいのです」

美帆は久兵衛と顔を見合わせた。久兵衛は笑いながら龍之介に顔を向けた。

「短くと申されますと？」

「これまで通り、十日でお願いいたします」

「たったの十日でいいのですか」

「はい。そうだとありがたい」

「どうしてですか？」

美帆はきょとんとした。

「それがし、故あって脱藩いたした。せっかく自由になったのに、長く縛られては、なんのために脱藩したのか分からなくなります」

久兵衛は笑った。

「ははは。分かりました。美帆様、相良様の意向を汲んで、毎回十日更新の約束としましょう。十日経ったら双方話し合い、再度十日更新できる。もし、どちらか一方が相手を信用できなくなれば、一方的に更新しないことを選択できる。美帆様、それでいかがですか？」

美帆は、しばらく逡巡していた。だが、やがて決心したのか、うなずいた。

「承知しました。結構です。十日ごとに更新する約束でいきましょう。ご隠居様には、私から事情を申し上げておきます」

「ありがとうございます。それがしの我儘を聞いていただいて」

龍之介は美帆に頭を下げた。

龍之介は、美帆の顔が一瞬曇ったのを見逃さなかった。だが、あえて無視し、久兵衛に顔を向けた。

「久兵衛殿、ちと相談があるのですが」

「相談ですか。いいですよ。でも、なんの相談ですかな」

「いい髪結いを紹介してください」

龍之介は、髪が伸びだした月代に手をやった。美帆が袖で口元を隠した。いつもの笑顔になっていた。

# 第三章　謎の徘徊《はいかい》

## 一

扇屋久兵衛が紹介してくれた髪結い床《どこ》は、扇屋の店と同じ町内にあった。二階建て長屋の一階の部屋に開かれた髪結い床だった。

髪結い床の親方は幸太郎《こうたろう》といい、三十過ぎの気さくな男だった。

髪結い床は、深川に遊びに来た客で賑わっていた。少しでも身綺麗になって、遊廓に乗り込もうというのだ。客は金回りのいい商家の若旦那や遊び人が多かったが、たまに旗本御家人の道楽息子も訪れることがあるらしい。

客たちは順番待ちの間、部屋に上がり、碁や将棋をしたり、茶を飲みながら世間話に興じたりしていた。すでに髪結いを終わった者もいれば、これからの男もいる。

「……その辻斬りってえのがよ、いきなり出て来やがって、だんびら振りかざしたと思いねえ」

「どこに出たって?」

「それがよ……」

客たちは話を止めた。

扇屋久兵衛が龍之介を案内し、店先に立ったからだ。

「親方、悪いが、このお侍様の頭、急いでやってくれないかな」

久兵衛は店の親方に声をかけた。

「へい。でも、お待ちの客が」

「みんなも、いいかな」

久兵衛はみんなを見回した。客たちは顔見知りらしく、どうぞどうぞ、お先にと、龍之介に順番を譲った。龍之介が武家だったこともあるのだろうが、久兵衛の顔が利いたせいらしい。

久兵衛は親方の幸太郎に、そっとお金を渡していった。

「じゃあ、親方、よろしく頼むよ」

「あいな。任せてくんな。若侍を、水もしたたる美男にして送り出しやすから」

幸太郎はお金を懐に捩じ込み、何度も頭を下げた。どうやら、二十八文の料金よりも、余分の心付けを渡したらしい。久兵衛は龍之介に会釈した。

「相良様、では、これで。お帰りに、店にお寄りください。お待ちしてます」

「分かりました。では、のちほど」

龍之介は久兵衛に頭を下げた。

「じゃあ、こちらに」

龍之介はすぐに上がり框に腰掛けさせられた。腰の脇差しを小僧に渡した。小僧は脇差しを抱えて、奥に消えた。

髪結いの親方は愛想笑いをしながら、龍之介に髪をどうしたいのかと尋ねた。

「月代が少々みっともなくなった。剃り上げて、髪を整えていただきたい」

「ようがす」

親方は傍に控えていた小僧に顎をしゃくった。小僧は龍之介の胸に前垂れを掛けた。膝の上に毛受け板を載せた。龍之介の後ろに回り、手慣れた様子で、龍之介の元結を剃刀《かみそり》ですっぱりと切り、髪をばらけさせた。櫛《くし》で髪の毛を入念に梳《す》きはじめた。親方は小僧の梳き方にあれこれと小声で注意する。

親方は小僧の手つきを見ながら、キセルの莨を吹かしている。

「お侍さん、おめえさん、講武所通いの学生なんだろう？　いいのかい、こんな時間に岡場所をふらついていても」

「それがし、いまは素浪人だ。もう講武所通いは辞めた」

後ろで順番待ちをしている町奴が声を上げた。

「へへえ。こんなに若けえのに素浪人だってえのかい。講武所刈りの頭をした素浪人なんてなかなかいねえ」

隣の男がちゃちゃを入れた。

「何かわけありで、講武所を辞めたんでやしょう？　女か何かで揉めて」

もう一人の男が声を上げた。

「女で揉めた？　上等じゃねえか。なんだ、吉原に入れ込んで、講武所通いを禁ずるとかなんとかじゃねえんかい」

「吉原なんかより、いい女は深川だろうぜ。女で出入り禁止となった旗本の遊び人でなんとかって馬鹿がいたろう。あの野郎、あろうことか上役の奥方に手を出したもんで、腹切りを命じられた。それで、さっさととんずらして……」

「てめえら、喧《やかま》しいわい。こちとらの話に首突っ込んでくるな。引っ込んでろ」

親方幸太郎は大声を出した。客たちはぶつぶついいながら、後ろに下がった。

「お侍さん、ごめんなせいよ。こいつら、ここで、日長《ひなが》、こうして馬鹿話をして暇つぶしをしてやすんで。ま、許してやってくださいな」

龍之介は答えようもなく、腕組みをしたまま静かにしていた。

小僧が湯の入った桶を運んで来た。小僧と交替した中床《なかどこ》の若い男が龍之介の後ろに座り、湯に浸した米糠《こめぬか》の袋を取り出し、丹念に龍之介の顔を拭った。

湯気が立つ手拭いで、龍之介の月代や顔を拭く。ざんばらになった髪にふのりを付けて入念に汚れを落とした。

次に、月代や顔に四角い固形のシャボンの泡を立てて塗りたくった。

龍之介が驚いた顔をすると、親方がにんまりと笑った。

「お侍さん、これは和蘭《オランダ》渡来の石鹸《シャボン》ってやつでしてね。剃り上がりがすっきりして、いいんでやす」

「さようか」

龍之介は中床が手にした剃刀を構えるのを見て、目を瞑った。中床は巧みな手捌きの剃刀で伸びた不精髭や月代の髪を剃り落としていく。剃り終わると、小僧が用意した熱い手拭いで、頬や月代を拭う。

中床は手慣れた手捌きで、ざんばらの髪もいちいち長さを揃えて切っていく。たちまち毛受けの板に、切られた髪が積もっていく。

中床は椿油《つばきあぶら》を髪に付け、さらに櫛で梳いてなじませた。髪を後ろに纏《まと》め、仮元結を結ぶ。そして、親方と交替した。

最後の仕上げは、親方の幸太郎が、剃り具合や剃り跡を調べ、小さな鋏《はさみ》を眉毛に入れ、眉の形を整えた。

仮元結を解き、髪に仕上げの鋏を入れた。髪をしっかりとひっつめにして纏め、髷を作って、元結を結んだ。

「さあ、これでいかがですかな」

親方は満足気に龍之介の顔や月代をまじまじと見回した。

「おい、鏡」

小僧が飛んで来て四角い鏡を龍之介の前に掲げた。

鏡にはさっぱりとした顔の自分が映っていた。椿油のせいか、頬や額はつるつるに艶があった。月代の毛や不精髭が消えた分、自分でも若返ったように思う。

順番待ちをしていた町人たちが、龍之介の顔や月代に見とれていた。

「てやんでえ。親方、おいらも、このお侍みてえにやってくんな」

「無理無理。てめえは土台が悪い。どういじってもいい男にはなんねえ。諦めな」

客たちはまた喧しく言い合いはじめた。

龍之介は、小僧から脇差しを受け取り、腰に差した。親方幸太郎に礼をいい、中床や小僧にも会釈をして、店を出た。店では、まだ大声で言い争っていた。

龍之介は店を出ると、懐から手拭いを出し、頬っ被りをした。

この界隈は、鮫吉親分の会津掬水組の根城があるし、会津藩の深川御屋敷も近い。どこで龍之介を知っている藩士や中間《ちゆうげん》小者に出会わないとも限らない。藩邸からは、龍之介は脱藩者として追われている。

龍之介は通行人の目を避け、扇屋の店まで、小走りに歩いた。

二

扇屋の店先近くに来た時、龍之介はふっと足を止めた。

「まいどありがとうございました」

久兵衛の声に送られ、店の中から、一人の御高祖頭巾姿の女が出て来た。女は店の中の久兵衛に頭を下げて会釈し、雨障子戸を閉めた。ちらりと龍之介を一瞥したが、すぐに踵を返して、掘割のある方角にすたすたと歩き去った。

龍之介は手拭いを頬っ被りしていたので、女は気付かなかったらしい。

しかし、龍之介は覚えていた。回向院の生け垣越しに、龍之介をじっと見ていた茶色の御高祖頭巾の女だ。ほぼ間違いない。

声をかけようか、と思ったが、何を尋ねたらいいのか分からない。

御高祖頭巾の女は留袖の上に白い外出着を着込んでいた。女の姿は路地を出ると右手の角に消えて行った。

何者かは、扇屋久兵衛に訊けばいい。

龍之介は気を取り直して、扇屋の店の障子戸を開けた。

店内には、武家の奥方らしい女とお付きの御女中の姿があった。二人は板の間に座り、平棚に飾られた扇に見入っていた。

久兵衛が奥方と御女中に扇を手渡して、あれこれと説明をしていた。

「いらっしゃいませ」

久兵衛は龍之介をちらりと見て、大声を出した。

帳場には番頭の与吉の姿はなかった。用事で外に出ているのだろう。

「いらっしゃいませ」

廊下の奥から娘のお杉の声がした。お杉が屏風の陰から現われ、板の間にぺたんと座った。

龍之介は手拭いの被りを外した。

「あら、相良様」

お杉は龍之介を見ると顔を赤らめた。

「お久しぶりにございます」

お杉は両手をつき、頭を下げた。顔を上げると、じろじろと龍之介の顔や月代に目をやった。

「お杉、相良様を座敷にご案内して」

「はい。お父様」

お杉は龍之介を振り返り、お上がりになって、といった。

「では、失礼いたす」

龍之介は、客の奥方と御女中に軽く会釈をした。奥方と御女中も会釈を返した。

龍之介は、脇差しを腰から抜き、板の間に上がった。お杉について廊下を進む。

「こちらにどうぞ。お茶を用意します」

「かたじけない」

龍之介は座敷に座った。脇差しを背後に置く。

床の間には、枯山水画の掛け軸が掛かっていた。部屋の真ん中に火鉢があり、鉄瓶が置かれていた。部屋の中は、ほんのりと温かい。座敷は八畳間ほどで、濡れ縁が付いている。障子戸が陽の明るさに映《は》えていた。

龍之介は立ち上がり、掃き出し窓の障子戸を少し開けて、外の様子を窺った。

こぢんまりした庭が見えた。庭の築山には紅梅の木が低く曲がった枝を伸ばしていた。築山の背後に竹藪があり、隣家を隠している。

「お待ちどおさま」

お杉が盆に急須や湯呑み茶碗を載せて運んで来た。

「髪結い床においでになられたのですね」

お杉は眩しそうに目を細めて笑った。

「ちとむさいとご隠居からいわれて」

龍之介は髷に手をやった。

「見違えるような顔立ちになられましたよ」

お杉は、そういいながら急須に鉄瓶の湯を注《つ》いだ。さらに急須を龍之介の湯呑み茶碗に傾け、お茶を注いだ。

「お顔がつるつるしてらっしゃる」

「我ながら、恥ずかしい」

龍之介は月代に手をやった。椿油のためか、剃り跡の手触りがいつになく滑らかだった。

「お似合いですよ。まるで、どこかのお殿様付きのお小姓みたい」

龍之介は照れ隠しのためにいった。

「お母様は、お出かけですか？」

「はい。番頭さんを連れて、能《のう》のお師匠様のところにお届け物をしに行きました」

「そうですか。ご挨拶したかったたが」

龍之介はお茶を啜った。茶葉の薫りが鼻孔をくすぐる。おそらく名のある茶だと思われる。

「相良様のお仕事の具合、いかがですか？」

「いろいろおもしろいことがあって毎日が楽しいです」

「そうですか。用心棒というので、身の危険があるお仕事だと心配しておりましたが」

「とりあえず、いまのところは平穏無事です」

店先からお杉を呼ぶ声がした。お杉は立ち上がった。

「すみません、ちょっと失礼」

お杉が店先に出て行った。久兵衛と話す声がした。

龍之介はお茶を啜り、華やいだ心を落ち着けた。お杉の顔を見に来たわけではない。

やがて久兵衛の足音が廊下に聞こえた。座敷の障子戸が開き、久兵衛が膝行して入って来た。

「お待たせしました」

「いいのですか？　店のお客様たちは？」

「はい。娘が応対しますので大丈夫です」

龍之介は声をひそめた。

「さっそくお聞きしますが、先ほど店を出て行った御高祖頭巾の女の方は、何者ですか？」

「御高祖頭巾の御方？　ああ、あの方は、さる武家屋敷にお勤めなさる御女中です」

久兵衛は笑いながら、龍之介に訊いた。

「突然に、どうなすったのですか？」

ご隠居が徘徊しているのを、龍之介が離れて見守っていたら、回向院の生け垣の陰から、じっと龍之介を見ている御高祖頭巾の女がいるのに気付いた。その御高祖頭巾の女も、ご隠居を尾行、監視していたような感じだった。

「ほんとに、あの方でしたか？」

「九分九厘、間違いないと思います」

「そうですか。相良様を信じましょう」

久兵衛は煙草盆を引き寄せた。長ギセルの火皿に莨を詰めはじめた。

「どういう御方か、お知りになりたいでしょうね」

「はい。お教え願えればありがたい」

「実は、あの方から固く、誰にもしゃべらないようい われているのです。私どもの商売は、ある種、信頼信用が売り物でしてね。依頼人の正体や依頼の中身については口外無用が約束なのです。それを破れば、扇屋久兵衛は信頼できない、という風評が広まります。そうなると、依頼人に迷惑をかけるし、依頼されたことも誰かに洩れて、たいへんなことになりかねない」

龍之介は、扇屋久兵衛の微妙な立場を理解した。

「なるほど。分かりました。それでは、あえてお訊きするのはやめておきます」

龍之介は久兵衛の口は固いと悟った。それが口入れ屋の仁義というものなのだろう。

久兵衛は長ギセルの火皿を炭火に押しつけ、すぱすぱと莨を吸った。

「ところで、龍之介様、私に何かご相談がおありですか。どんなことでございますか?」

龍之介はうなずいた。

「実は、ご隠居のことです。誰にも相談ができないので不安なのです。身辺を警護する者として、どう対処したらいいのか」

久兵衛は微笑んだ。

「お付きの御女中の美帆様や光様に相談なさるといいのでは?」

「それができれば、いいのですが」

龍之介は腕組みをした。

「光殿はともかく、年上の美帆殿は、怪しい動きをしているのです。それで、いま一つ信頼ができない」

龍之介は夜中に厠に立った時に、物置小屋の陰で、美帆が何者かとひそひそと話していたことを話した。それも、まるで美帆が部下に何事かを命じているかのように聞こえたことも。

「ふうむ。たしかに、それは怪しうございますな」

久兵衛はキセルを銜えたまま、唸った。

「どんな内容の会話だったのです」

龍之介は思い出せる限り、正確に久兵衛にいった。美帆が、

「……に伝えて。かぎはしを……もぐらせ、はなを探せ……。時間がない……急いで」

するとと相手はいった。

「やってみます。……にあたってみます」

美帆はそれに答えた。

「お願いね。……さとられないよう、慎重に」

龍之介は話し終わると、久兵衛の顔を覗いた。

「どうです？　ご隠居の周辺で何か怪しい輩《やから》が動いている、と思いませんか。こそこそと、何か不穏な動きを感じるのですが」

「そうでございますな」

久兵衛はキセルの首を火鉢の縁にあて、火皿の灰を火鉢の中に落とした。

「先ほどのひそひそ話で、『かぎはしを、もぐらせ』と聞いたとおっしゃいましたね」

「ええ。ですが、もしかすると、何かと聞き違えたのかも知れません」

久兵衛は浮かぬ顔で、また長ギセルに莨を詰めはじめた。

「……おそらく、それはかぎあしです。かぎはしではなく」

「どうして、かぎあしだと？」

「昔、聞いたことがあります。奥州の秋田《あきた》藩にはかぎあしという隠密がいたと」

「久兵衛殿、ご隠居は秋田藩の大奥の御老女だったのですか」

久兵衛はぎくりとした。

扇屋久兵衛は、用心棒の仕事を紹介してくれた時、奥州のさる大藩とはいっていたが、どこの藩かはっきりとは教えてくれなかった。

久兵衛はしまったという面持ちだった。

「うっかり口を滑らせてしまったが、どうか聞かなかったことにしてください。依頼人の身元を明らかにしてはならない、という鉄則を破ってしまった。なんという失態か」

そういったものの、扇屋久兵衛はにやついていた。このくらいは、いずれ、龍之介が嗅ぎ付けるだろう、と読んでのことだろう。

「で、かぎあしとは、なんの意味なのです？　秋田の方言ですか？」

「いえ。違います。かぎあしは嗅《か》ぎ足《あし》のことです。地べたを這うようにして探索したり、敵の様子を嗅ぎ回る隠密です。秋田藩でも、ごく一部の要路が知っている隠密で、藩主も家老も知らない秘密の隠密組織だと聞いていました」

久兵衛はまたキセルの煙をぷかぷかと燻《くゆ》らせた。

「美帆殿は、その嗅ぎ足を動かす立場にある幹部ということですか」

「おそらく」

久兵衛は銜えたキセルを上下させてうなずいた。

藩主も藩上層部も知らない隠密組織〝嗅ぎ足〟がいる。

しかし、どうして、久兵衛はそんな秋田藩の隠密を知っているのだろうか、という新たな疑念が生まれた。

久兵衛は龍之介の顔に浮かんだ表情を読んでいった。

「奥が言いかけていましたが、それがし、元は武家でござった。加賀《かが》藩の御用所密事《ごようしょみつじ》頭取《とうどり》をしていました。それで、取引をする上で、他藩の事情を調べねばならず、いつしか詳しくなったのでございます」

龍之介は偶然にしても奇縁だな、と内心思った。父牧之介も会津藩御用所密事頭取をしていた。だが、そのことは黙っていた。

「そうでしたか。それでお詳しいのですね」

「でも、もう昔のこと。それがしが藩を円満に下がり、商人になって十五年以上が経ちますのでね」

久兵衛は穏やかに笑った。

「話を戻しましょう。美帆様と何者かの密談はなんだったのでしょうね」

龍之介も考え込んだ。

嗅ぎ足をどこにもぐらせ、何をしようとしているのだ？　はなを探せ……とはなんだ？

「久兵衛殿、はなとは何ですかね。それがし、花と聞いたのですが、端から探せ、初めから探せといったのかも」

「……ふうむ」

「それから、あたってみる相手、さとられないように警戒する相手とは、誰なのか？」

久兵衛は煙が出なくなったキセルを無意識に吸っていた。

「どうやら、時間がない、急いで、というのが、何が進行しているのかを知る鍵になりそうですな」

「……………」

何が進行しているというのだ？

龍之介は考えた。ふと肝心な相談事を思い出した。

「久兵衛殿、相談というのは、それだけではありません。ご隠居は本当に耄碌しているのでござろうか？」

「これはまた単刀直入なご質問ですな。私は医者ではありませんが、ご隠居様とお話しするかぎりは、惚けがだいぶ入っていると思いますが」

「やはり、惚けていますか」

龍之介はまた腕組みをした。久兵衛は笑いながらいった。

「家人に内緒で家を抜け出し徘徊するのは、正気とはいえませんな。だが、普段は正気なご様子だから、まだら惚けですかな」

「まだら惚けですか」

「もう、喜寿を迎えられた御方ですから。惚けても仕方がないでしょう」

龍之介は腕組みを解いた。

「それがし、ご隠居のご様子を観察するうちに、ふと気付いたことがあるのです」

「何にです？」

「ご隠居は、もしかして、惚けを装っているのではないか、と」

「なぜ、ご隠居は惚けを装っていると思われるのですか？」

「お話ししていると、頭はきわめて明晰《めいせき》なのです。とても惚けているとは思えない」

「人の顔を覚えていないことがあるようですよ」

「それがしのこと、毎朝、名前や歳をお尋ねになるが、からかっておられるのではないか、と思うのです。久兵衛殿がお会いになる時、ご隠居は、いかがですか？」

「……なるほど。私がお会いする時は、ほとんど正気ですな」

「それがし、これまで何人か惚け老人を見ていますが、みな目が死んでいる。普段から、ぼうっとあらぬ方を見ているような人が多い。ご隠居の惚けは、どこか嘘臭い。正気な年寄りが、惚けを装っている感じがします」

龍之介は話しながら、自分のいっていることが、だんだんと真実のような気がした。

「たとえば、ご隠居の徘徊は、いまの家に住み着いてから始まった。これも、何か意味があるように思うのです」

「どういうことですかな？」

久兵衛はキセルの首をとんと掌《てのひら》で叩き、火鉢に灰を落とした。

「ご隠居の徘徊には、何か意図や目的、それに計画性があるように思うのです」

「どんな意図や目的、計画性ですか？」

久兵衛は興味を覚えたらしく、目がきらりと光った。

「美帆殿や光殿に伺うと、初めは、昼間、家の周辺を、ただぐるぐると巡って歩いていた。それが、日を追うごとに徘徊する範囲を拡げて行った。そして、惚けの具合もひどくなった」

「ふうむ」

「ご隠居は江戸藩邸の大奥が長く、外出するといっても、日本橋界隈への買物に出たくらいで、ほとんど江戸市中は知らなかったでしょう」

「うむ」

「そこで、大奥から宿下がりするにあたり、藩主がよかれと思って郊外の閑静な片田舎に用意した隠居屋敷を断った。それがし、思うに江戸の市中から離れたくなかったのではないかと思うのです。だから、深川近くのいまの仕舞屋を探させ、移り住んだ。そこで惚けが始まった。ここに、一つ計画性を感じます」

「ふうむ」

「どうして、住まいを深川向島《むこうじま》界隈にと思われたのか。何かわけがあったのではないか、と」

「ううむ」

「それがしが知る徘徊老人は、意図も目的も計画性もありません。ただ、行き当たりばったりに徘徊する。もっとも、本人としては、かつて住んだ思い出を抱えて彷徨《さまよ》うのでしょうが、だからといって、何か目的があるわけではない。ただ、かつての何か思い出があるところをぶらつき歩く。そのうち、自分のいる場所が分からなくなり、家に帰れなくなる。それが本当の徘徊です。意図や目的、計画性があるうろつきは、徘徊ではない。放浪《ほうろう》とか彷徨《ほうこう》です」

「ふうむ……放浪、彷徨ねえ」

久兵衛はキセルの火皿にうわの空で莨を詰めた。

龍之介はいった。

「それがし、実はご隠居がうろついたといわれる界隈や道を丹念に歩いてみました。歩数を数えたりしながら」

「歩数を数えながらですか?」

「はい。家の玄関先から道に出るまで、何歩。それを昼間のうちふらふらと歩きながらも覚えるのです。そうすると、歩数からおおよその距離が分かってくる」

「なるほど」

「昼間、何歩で歩けば稲荷神社にあたるか、何歩行ったら地蔵様があるか。近くにある割下水《わりげすい》はどこを通っているのか、雑木林の中はどう通り抜けることができるのか、南側にある竪川《たてかわ》の二ツ目橋、三ツ目橋までどのくらい歩けばいいか。昼間のうちにうろつき、みな軀に覚え込ませるのです」

「ご隠居様は、なぜ、そのようなことをするのですかな?」

　龍之介は頭を掻いた。

「それがし、江戸に来て、まず最初にやったのは、いろんなところを歩き回り、つまり彷徨い歩いて、土地鑑を付けたんです」

「なるほど、土地鑑を付けるために」

　久兵衛は笑った。

「深川も、そうやってうろつきました。それでも、まだ不案内な場所がありますがね」

「つまり、ご隠居様は誰の案内がなくても、江戸の市中を歩けるように土地鑑を磨いたということですかな」

「そう。土地鑑が付けば、夜の暗い中でも、月明かりや星明かりさえあれば、どこを歩いているのか、おおよそ分かる」

「ふうむ」

　久兵衛は顎の鬚を撫でた。龍之介は結論付けるようにいった。

「そう考えると、ご隠居は惚けていない、正気でやっているとしか考えられないのです」

「ですが、相良様、ご隠居様は、どうして、惚けを装ってまで、ひとり街中を徘徊して土地鑑を付けるのですかな?」

「それが分からないのです」

龍之介は失笑した。

「ご隠居様に直接訊いてみてはいかがですか?」

「おそらく、ご隠居は、いつものように、惚《とぼ》けて何も答えないでしょう。困ったご隠居です」

龍之介はため息をついた。

「…………」

久兵衛は顎鬚を撫でながら考え込んだ。

「正直いって、自分の考えに自信はないんです。間違っているのでは、とも半分思っています」

「半信半疑ということですかな」

「内心では、それがし、ご隠居は正気であってほしい、と願っているからでしょう」

「さらに、お聞きしますが、そもそも、なぜ、ご隠居様は惚けたふりをする必要があるのか？」

龍之介は考え考えいった。

「それは、きっと誰かの目をごまかすため」

「誰の目をごまかすのですかね」

「分かりません」

龍之介は正直に答えた。

「…………」

久兵衛は唸った。龍之介はいった。

「ご隠居には、そうせざるを得ない何か深い理由があるのではないか、とそれがしは見ているのです。それが何かは調べねばならないでしょう。ご隠居は少しも教えてくれないでしょうからね」

扇屋久兵衛は髯面を崩して、にんまりと笑った。

「相良様、分かりました。どうやら、ご隠居様には、いろいろ謎がありますな。いや、お話を聞いていて、だんだんと、その謎が深まってきました」

「そうでしょう？　よかった。それがし、一人で解決しようにも、かなり難しい。久兵衛殿の知恵を借りれば、何か分かってくる。その一つは、嗅ぎ足でした」

「そうでござったか。相良様は、ぜひ、ご隠居様と美帆様たちの動向をよく観察なさってください。私も、ご隠居の行動について、気がかりなことがあります。いまは申し上げられませんが、いつか、お話しできるでしょう」

廊下を急ぐ足音がした。お杉が上気した顔で座敷に入って来た。

「お母様がお戻りになりました」

廊下から衣擦れと足音が聞こえた。

女将《おかみ》のお結が顔を見せた。

「いらっしゃいませ、相良様、まあ、いい男になられて」

「…………」

龍之介は照れた。尻がもぞもぞする。

「お杉が興奮して、相良様が御出でになられたのよ、と教えてくれたのですけど。本当でした」

女将は座敷の出入口にぺたんと座った。

店先から番頭の与吉が笑顔で現われ、龍之介に頭を下げた。

「いらっしゃいませ。ほんとだ。歌舞伎役者市川團十郎《いちかわだんじゆうろう》でもいらしたかのようだ」

「まさか。からかわないでください」

龍之介は頭を掻いた。恥ずかしくて、どこかに消えたい思いだった。

ご隠居のお嶺様も、龍之介を見ると、相好を崩して笑った。

「月代の毛が伸びて、少々むさい男だと思っていたが、髪結いに行ったら、見違えるようになったのう。これなら、おぬしを供にして、わらわも堂々と、どこにでも出て行けるというものだ」

御女中の美帆も、龍之介を上から下までじろじろと見回した。

「そうですね。相良様、いつも身綺麗になさるといいですね。あまり、綺麗過ぎると、用心棒には見えないのが難点ですけど」

御女中の光もにやにやと笑った。

「いいじゃない。その格好で、浅草や日本橋を歩いたら、きっと通りすがりの女の子たちが振り向き、モテにモテるわよ」

龍之介は、三人の女たちから、散々に冷やかされ、顔が火照って仕方がなかった。

このままでは軀も心も軟弱になってしまう。

「では、御免」

龍之介は木刀を引っ摑むと、表に飛び出した。そのまま、雑木林の空き地に駆け込み、鋭い気合いとともに、木刀の素振りを始めた。

ふと視線を感じて、見回すと大きな背負い籠を背にした百姓女が足を止め、龍之介の方を見ていた。籠には野菜が満載されていた。百姓女はすぐに歩き出し、雑木林の陰に消えた。

龍之介は上半身裸になり、百回も素振りをすると軀が温かくなり、全身から汗が噴き出した。五百回も木刀を振ると、雑念も頭から振り払うことが出来た。

続いて、龍之介は仮想の相手と組太刀の形《かた》の稽古を繰り返した。最後の最後に、木と木の間に渡した太い横木の丸太に木刀を打ち込んだ。丸太は、何度も打ち込まぬうちに、音を立ててへし折れた。

昼過ぎの陽射しが斜めに長くなるころ、龍之介は一人稽古を終わりにした。

龍之介は御隠居の家に引き揚げた。下男の源が、「お風呂が沸いてます」といった。

龍之介は風呂場に入り、湯を被り、全身から汗と汚れを洗い流した。

三

夕刻になり、龍之介は板の間で、光の相伴で、夕餉を食していた。

蠟燭《ろうそく》の炎と囲炉裏の薪《まき》の炎が、板の間に座った龍之介と光の二人を淡く照らしている。

龍之介は、沢庵の古漬けを噛り、椀の雑炊を啜った。椀が空になった。

光が優しい笑顔を龍之介に向けた。

「お代わりしましょうね」

「かたじけない」

龍之介は空になった椀を光に差し出した。

こうして囲炉裏端に、光と座り、静かに食事をしていると、まるで夫婦のようだな、と龍之介は思った。

光は吊り下げられた鍋の蓋を開け、鍋の中でぐつぐつと音を立てている具材を汁杓子《しるしやくし》で掬い、椀にたっぷりとよそった。

「相良様は、独り身なのですか」

「はい」

「でも、故郷に許婚の方がおられるのでしょうね？」

許婚がいると決め付けるような言い方だった。龍之介は椀を受け取りながらいった。

「正式に結納《ゆいのう》を交わしたわけではありませんが……一人います」

「一人ですか。もし、二人も三人もいたらたいへん……」

光は笑いを噛み殺し、肩を震わせた。

言い方がおかしかったか。

龍之介は頭を搔いた。

大槻弦之助《げんのすけ》の娘奈美を思った。この三年、奈美に会っていない。そろそろ、いい年ごろの娘になったはずだ。

椀には、串に刺した竹輪《ちくわ》のような米の具が汁に浸《つ》かっていた。串を摑んで口に運んだ。頰張ると鶏肉や牛蒡《ごぼう》をよく煮込んだ出汁《だし》の旨味とともに、米の味が口に広がる。

「これは、なんと申すものですか。餅米《もちごめ》の味とは違うが」

「きりたんぽと申します。うるちを磨り潰して杉の棒に巻き付けたものです」

光は微笑んだ。

鍋にはきりたんぽだけでなく、牛蒡と鶏肉、糸こんにゃくやまいたけ、長葱などがごった煮になっている。味は醤油味だ。おそらく酒も加味されている。

龍之介はきりたんぽ鍋を堪能した。

「本当に美味ですね」

「はい。食べると軀がぽかぽかに温まる、自慢の郷土料理です」

「……………」

離れの方から楽しげな話し声が聞こえ、お嶺様と美帆の影が廊下に現われた。

「お食事が終わりました」

美帆は空いた箱膳を運んで来た。箱膳を板の間の隅に置いた。

「お片付けを」

「はーい。ただいま」

下男下女の二人の影が台所から慌ただしく離れに急いだ。

板の間に現われたご隠居と美帆は、囲炉裏の炎の明かりを浴びて、艶《あで》やかだった。

「おう、ここは暖かいのう」

ご隠居が嗄《しわが》れ声でいった。

龍之介は慌てて食事を終えようとした。

「きりたんぽ鍋はゆっくり味わいながら、お食べなさい。急いで食べると軀に悪うございますよ。よろしいか」

「はい。では、ゆるりと食べさせていただきます」

龍之介は、いわれた通りに、味わいながら食べた。

光が座敷から座布団を何枚か運んで来た。囲炉裏端に二枚の座布団を並べて置いた。

ご隠居は早速に座布団に膝を折って座る。美帆も隣の座布団に座った。

「今夜は、冷えますすねえ」

ご隠居は囲炉裏の火に手をかざしながらいった。その声に美帆がさっと立ち上がり、台所の奥の戸棚に行った。

「ご馳走様にござった」

龍之介は空になった食器を載せた箱膳に両手を合わせた。

「御粗末様でした」

光は龍之介の箱膳を運び去った。入れ替わるように美帆が徳利やぐい呑みを載せた丸盆を運んで来た。

「ご隠居様、こんな夜には、お酒が一番でございます」

「おう、そうそう」

ご隠居は相好を崩した。

戻って来た光が手拭いを使い、鍋を鉤《かぎ》から外そうとした。

「それがしがやりましょう」

龍之介は急いで光から手拭いを奪うようにして取った。鍋の熱い鉉《つる》を手拭いで掴み、囲炉裏端に移した。

「さっきから見ていると、相良と光はお似合いの夫婦のようだね」

「ほんとに」

ご隠居と美帆はにこやかに笑った。

「まあ」

光は着物の袂を口元にあてた。囲炉裏の火の明かりを浴びた光の顔がさらに赤くなった。

美帆は空いた鉤に鉄瓶《てつびん》を掛けた。ご隠居は囲炉裏の火に手をかざしながら聞いた。

「相良、おまえは脱藩したといったな」

「はい。さようで」

「どこの藩だ？」

「故あって、明かせません」

「なぜだ？」

「なぜでもです」

ご隠居は首を傾げた。

「ご隠居も、それがしに、どちらの藩の大奥かをお隠しになっている。それと同じでござる」

「でも、今夜のきりたんぽ鍋で見当がついただろう」

「はい。毎朝、膳に並ぶいぶりがっこでも推察できました」

扇屋久兵衛が思わず洩らしたことは黙っていた。

「ふふふ」

ご隠居は含み笑いをし、美帆と顔を見合わせた。

「では、いうてみなさい」

「奥州は秋田藩でございますな」

ご隠居はにこにこしたが、答えなかった。

「おまえの藩を当てよう」

「どうぞ。お当てください」

「会津であろう」

龍之介も笑いながら訊いた。

「どうして、会津だと」

「おまえの会津訛り」

「訛っていますか?」

龍之介は顔をしかめた。己れは江戸弁を話しているつもりだった。

ご隠居たち三人はみな笑った。

「私たちは訛っています?」

美帆が訊いた。

「いえ。それがしには、みなさんが訛っているとは思えません」

「私たち、江戸暮らしが長いからです」

「さようで」

龍之介はもっともだ、と思った。それに対して自分は会津に生まれ、会津に育った。江戸の生活はまだ短い。江戸弁はまだ身についていない。つけようとも思っていない。

ご隠居は笑いながらいった。

「会津藩、当たりだろう」

「お答えできません」

「どうしてだ?」

「それがしが、ご隠居の藩を秋田だと申し上げても、お答えいただけません。それと同じ理由です」

ご隠居は目を細めた。

「おもしろい男だな。会津だと認めたら、何かまずいことがあるのか？」

「はい」

「どのような？」

「次にご隠居は、なぜ会津を脱藩したのか、と興味を持ち、それがしにお尋ねになるでしょう」

「なるほど」

「堰《せき》は一つ切れると、つぎつぎに切れるものです。最初の一穴《いっけつ》を防ぐことが何より大事です」

「ふうむ。最初の一穴ねえ」

ご隠居は美帆と顔を見合わせた。

囲炉裏の火にかけた鉄瓶がちんちんと音を立てはじめていた。光が手拭いを手に鉄瓶の蓋を開けた。美帆はお酒が入った徳利を鉄瓶の熱湯の中に浸けた。

美帆が笑いながらいった。

「これは郷里から届いた清酒です。冷やでいただくもよし、ぬる燗《かん》でいただくもよし」

かすかに酒の薫りが漂いはじめた。

「でも、今宵は寒いので、ぬる燗をいただき、軀を温めましょう」

美帆は手を伸ばし、徳利の首を指で摘み上げた。光が二本目の徳利を鉄瓶に浸けた。

「ご隠居様、どうぞ」

美帆はご隠居にぐい呑みを手渡し、徳利を傾けて清酒を注《つ》いだ。光が龍之介にぐい呑みを渡した。

「相良様も、お一つ」

美帆は微笑み、龍之介の手のぐい呑みに酒を注ぐ。

ご隠居は、ぐい呑みの酒を一気に飲み干し、美帆に差し出した。

「これは旨い。美帆、おまえも」

美帆はぐい呑みを受け取った。ご隠居は徳利を手にし、美帆のぐい呑みに酒を注いだ。

「相良、光、おまえたちも遠慮なくお酒を」

その声に、龍之介は手にしたぐい呑みの酒を飲み干した。ぬるいが熱い刺激が喉元を潤した。

ご隠居も美帆も光も、ぐい呑みの酒を味わうように飲んでいる。

「お酒、ほんとにおいしいですねえ」

光は顔を綻ばせ、龍之介のぐい呑みに酒を注いだ。

「美帆、あすは天気がよかったら、浅草寺《せんそうじ》にお参りに行ってみようかね」

「はい。ご隠居様、駕籠を手配いたしましょう」

「いいえ。ここからなら東橋《あずまばし》まで歩いて行けましょう」

龍之介がいった。

「ご隠居の御御足《おみあし》は本当に御丈夫ですね」

「毎日のように歩いてますからね。老いには歩くのがいちばん軀にいい」

ご隠居は屈託なく笑った。

そうか、それでご隠居は足繁く歩き回っているのだな。やはり、正気に間違いない。

龍之介は酒を飲みながら納得し、ひとりうなずいた。

夜の空に川鵜の鳴き声が響いた。

不意にご隠居が立ち上がった。

「美帆、わらわは寝ます」

ご隠居はぐい呑みを炉端に残し、立ち去ろうとした。美帆と光が慌てて立った。

「あなたたちは若いのだから、ここで、相良の相手をして飲んでいなさい。許します」

ご隠居の顔は、なぜか強張っていた。

ご隠居はそれだけいうと、そそくさと離れに歩き去った。

「ご隠居様、いかがなさいました」

美帆と光は、急いでご隠居のあとを追った。

龍之介は呆然として、ご隠居たちの影を見送った。

何がご隠居のお気に障ったというのか。

龍之介は訝《いぶか》りながら、ぐい呑みを傾けた。

まだ温かいきりたんぽ鍋の蓋を開け、箸で出汁に浸かっているきりたんぽを摘み上げた。

あの川鵜の声が何かの引き金になったのか？

龍之介は訳も分からず、きりたんぽに舌鼓《したつづみ》を打ちながら、徳利の酒を手酌で、ぐい呑みに注いだ。

しばらく一人酒を飲んでいると、美帆ひとりが戻って来た。光は離れの控え室で、ご隠居の世話をする番らしい。

「突然に、ご隠居はいかがいたしたのでござるか？」

龍之介はやや微酔《ほろよい》気分になっていた。

「分かりません。時々、発作が起こったかのように、不機嫌になられることがあるんです。このところ、しばらくなかったのですが」

「何かのご病気ですか？」

「御典医《ごてんい》は、惚けの一種だと申されていましたが」

「いまは、どうなさっておられるのか？」

「掻巻を頭から被って、お休みになられています」

「どういうことですかね」

龍之介は徳利を振り、まだ残っているのを確かめてから、美帆に差し出した。

「お疲れ様。ご隠居のお世話は何かとたいへんですね」

美帆はぐい呑みを差し出し、龍之介の酌を受けた。そして、ぐい呑みを口にあて、くいっと酒を飲み干した。いい飲みっぷりだ、と龍之介は思った。

「ところで、美帆殿、お宅の藩には、嗅ぎ足と申す隠密組織があるそうですな」

美帆は一瞬顔色を変え、キッと龍之介を睨んだ。

「どうして嗅ぎ足をご存じなのですか？」

美帆は、そう口走ってから、しまったと袖で口を押さえた。事実上、嗅ぎ足の存在を認める発言だった。

「用心棒稼業は、いろいろな藩の内情に触れますのでね。そうしたことが自然に、小耳に入って参るものですから」

龍之介は嘘をついた。扇屋久兵衛から聞いたというわけにはいかない。

美帆は浮かぬ顔になり、徳利を持ち上げて振った。音がしない。

「お酒、お持ちします」

美帆は徳利を手に台所に引っ込んだ。隅で酒樽から徳利に酒を入れている気配がした。やがて戻った美帆は、いつもの澄ました顔に戻っていた。

美帆は何もいわず鉄瓶の湯に、二本の徳利を浸けた。

美帆は、じっと龍之介を見つめた。

「相良様は、嗅ぎ足の何をご存じなのですか」

今度はこちらから何かを聞き出そうという気構えだった。嗅ぎ足のことをどこまで知っているのか、確かめたいのだろう。

「それがし、嗅ぎ足については何も知らないのです」

美帆は龍之介が白《しら》を切っていると思ったのか、疑わしそうな目をしていた。

「嘘はつかないでください。ことと次第では、私たちは相当な覚悟をしていますので」

龍之介もこうなったら、腹の内を見せようと覚悟した。丁《ちょう》と出るか半《はん》と出るか、出たとこ勝負。虎穴《こけつ》に入らずんば虎子《こじ》を得ずだ。

「それがし、先日、夜中に厠に立ち、美帆殿が物置小屋の後ろで、何者かとひそひそ話をしているのを立ち聞きしました」

「まさか」

「美帆殿が、相手の女子《おなご》に申しておったな。嗅ぎ足を潜らせ、云々《うんぬん》と」

「そのこと、誰かに洩らしましたか？」

「いや、誰にも」

龍之介はまた嘘をついた。扇屋久兵衛に話してしまったことは隠しておいた。

「ほんとですね」

「立ち聞きしたといっても、詳しくは聞き取れませんでした。ことばの断片で、内容は分かりませんでした」

美帆は探るような目で龍之介を見つめた。大きな瞳が囲炉裏の炎を映して、きらきらと異様な光を放っていた。

龍之介は堪《たま》りかねていった。

「これは申しておく。それがし、たしかに会津武士だ。美帆殿が人の道に反したことをしない限り、それがしは、美帆殿に御味方いたす。敵にはならない。ならぬことはならぬものが、それがしの士道でござる」

これは嘘偽りのない思いだった。龍之介は胸を張った。こういっても信じてくれねば、それはそれで仕方がない。

美帆は台所を見回し、誰もいないのを確かめてから、声をひそめていった。

「では、相良様を一応信じましょう」

「うむ」

「ですが、余計なことに首を突っ込まないでください。もし、邪魔をすれば……」

美帆はじっと大きな目で睨み、首を斬る仕草をした。

「分かった。恐ろしい。邪魔はしない」

美帆はにこっと笑い、鉄瓶から徳利を摘み上げた。

「あら、熱燗《あつかん》になってしまった」

美帆は徳利を突き出し、龍之介のぐい吞みに熱燗の酒を注いだ。龍之介がもう一本の徳利を摘み上げ、美帆のぐい吞みに酒を注ぐ。

「では、秘密を守る固めの盃《さかずき》として」

龍之介はぐい呑みを掲げ、美帆に合わせて、酒を一気に飲んだ。

酔いがほのかに全身に回り出していた。

「一つだけ、訊いておきたい」

「なんですか?」

「嗅ぎ足は、誰の下で働いておるのですか?」

「…………」

「御上ではなく、もしかして奥方ではないですか?」

「…………」

美帆はこっくりとうなずいた。

「だろうと思いました。だから、嗅ぎ足は、女子たちによる隠密組織」

美帆は含み笑いをした。

「……当たらずとも遠からず。もうこれ以上は、お答えできません」

美帆は徳利の酒を、龍之介のぐい呑みと己れのぐい呑みに均等に分けて注いだ。

龍之介はやや酩酊《めいてい》し、ぐい呑みを空けた。ふと天井を見上げると、部屋がぐるぐる回っていた。

# 四

翌日は、朝から空はからりと晴れ渡り、穏やかな陽射しが家の中に差し込んでくる。

龍之介はご隠居のお出かけに備えて、朝稽古をいつもよりも早めに切り上げていたが、肝心のご隠居が体調不良らしく、寝込んで離れから出て来ないので、浅草行きは中止になった。

龍之介は手持ち無沙汰もあって、ご隠居の見守りは美帆たちに任せ、散歩に出かけた。周囲の見回りを兼ねた散歩だ。

家の周囲は、かつては田畑、雑木林、鬱蒼《うっそう》と萱《かや》や雑草が茂る原っぱや湿地だった。そうした湿地や荒地を開墾した農家が点在し、村を作っていた。

そんな土地を幕府の役人が区割りし、湿地を埋め立て、碁盤《ごばん》の目のように縦横《じゅうおう》に道を造った。そこに土地を与えられた武家が乗り込み、小屋敷を建て、奉公人の長屋を造ったりしたが、広い土地は空き地だらけになった。そこへ金のある町家が乗り込んで、武家から土地を買い取り、争うように仕舞屋や長屋を建てて住むようになった。

元々当地に住んでいた農家は田畑とともに周辺に追いやられた。いまでは武家も町家も一塊《ひとかたまり》ずつ群落をなして、ある地域は武家の小屋敷、隣の土地には町家の家々、そのまた隣には武家の小屋敷、武家長屋があるといった風に、武家と町家の家々が混在するようになっていた。

そうした町なかに、昔ながらの神社や寺、村の墓所が点在し、雑木林や沼沢がところどころに残されている。いまは住職もいない荒れ放題の廃寺とか、これまた鬱蒼とした雑草に屋根まで覆われた、荒れ果てた武家屋敷の成れの果てもある。

一応、道は縦横にきちんと造られているので、地理を覚えるのは比較的に楽だったが、道の状態は地域によってはほとんど手入れされていなかった。そのため、道は獣道のように、草茫々《ぼうぼう》でほとんど人の往来がなく放置されている箇所もある。

龍之介は人通りのある道から、草茫々で道とは見えない道まで、丹念に一つ一つ足を踏み入れ、見回って歩いた。

何度も角を折れ、ぐるぐると同じ場所を巡っているうちに、龍之介は背後から尾《つ》けて来る人影に気付いた。

龍之介はふと通りかかった化物屋敷のように半ば崩れた土塀の陰に身を隠した。尾行して来た男は、龍之介が突然に姿を消したので、慌てふためき、土塀の前をたたたっと駆け抜けて行った。男は町奴風に身を装っていたが、身のこなしは明らかに手練《てだれ》の者と見た。若い男で町人髷に苦《にが》み走った剣呑な顔をし、着物を尻端折りしていた。

「どっちに行った?」

「おぬし、先に行け。俺はこのあたりを、いま一度見る。まだ遠くには行っていない」

「捜せ」

男の声が聞こえた。いつの間にか、男は三人に増えていた。

戻って来る。

龍之介は半ば崩れた土塀の陰から離れ、屋敷の庭の草叢《くさむら》に潜り込み、身を隠した。

草と草の間から土塀の方を窺った。ほどなく、先ほどの苦み走った顔の男が土塀の崩れた箇所から敷地内に入り込んで来た。身を屈《かが》め、腰の脇差しに手を掛けて、あたりを窺っている。

龍之介は草叢の陰で、気配を消した。腰の脇差しの鯉口《こいぐち》を切った。相手は殺気を帯びている。

男は草叢に近付いたものの、それ以上は踏み込んで来なかった。

「あん畜生、どこへ行きやがった?」

男は独言《ひとりごち》て、土塀の方に戻って行った。龍之介は中腰になり、草叢から男を窺った。男はもう一度庭の中を見渡し、道に出て行った。

龍之介は脇差しが跳ねるのを押さえながら、素早く土塀に走り寄った。土塀の陰から外の男の様子を窺った。

男は通りの先に行った仲間に手を上げた。

「こっちにはおらぬ」

「もっと先に行ったかも知れぬぞ」

「この先の掘割も捜せ。舟に乗ったかも知れぬ。散れ」

男たちは口々にいい、三方に散って走り去った。

龍之介は、あやつら、いったい何者なのだ、と訝った。

どこから尾けて来たのか、分からない。しかも、三人とも身のこなしから見て、忍びと思われた。

龍之介は男たちが駆け去ったのと異なる方向に歩き出した。歩きながら、尾行する者はいないか確かめたが、今度は誰も尾けて来ない。

# 五

家に戻ると、下女の茂が慌てふためきながら、龍之介を迎えた。

「また、ご隠居様のお姿が……」

「また何も告げずに抜け出したと申すのだな。で、いつのことだ?」

龍之介は茂に訊いた。

「およそ半刻ほど前です」

「ご隠居は臥せっていたのではなかったのか」

「美帆様が声をかけても返事がないので、掻巻を捲ったら、座布団や枕と替わっていたそうでございます」

「ご隠居もおやりになるなあ」

龍之介は笑った。美帆も光も、しまったと思ったであろう。

「美帆殿と光殿は、どっちに行った?」

茂は南の方を指差した。

「美帆様は爺と一緒に回向院の方に、お光様は南の竪川の方へお捜しに行くと」

「うむ。分かった。それでは、それがしは北側の南割下水から御竹蔵《おたけぐら》の方をあたってみよう。もし、北側に居なかったら……」

割下水に架かった橋を渡ると、武家の小屋敷と町家が混在した地域になり、北割下水がある。さらに北へ行くと寺町に入り、東橋に至る。

龍之介は咄嗟に、南割下水は越えないと踏んだ。直感で考えると、ご隠居は南の竪川方面に向かったように思った。これまでの徘徊も竪川手前の街だと聞いている。光殿もそう考えて行動しているのだろう。

竪川を越えるには、最も近い二ツ目橋か、三ツ目橋、竪川と大横川《おおよこがわ》が十字に交差した辻橋《つじばし》を渡る。竪川が大川に出る岸辺にある一ツ目橋は、ここからはやや遠い。美帆殿たちがきっと捜すだろう。

しかし、いずれの橋にしても、橋を渡って本所《ほんじょ》方面に行ったら、ことは厄介《やっかい》になる。

とりあえず、ご隠居は竪川を越えていないと思って探そう。

「北側に居なかったら、それがしも、とって返して南に行く。もし、美帆殿、光殿が戻ったら、そう伝えてくれ」

「はい」

茂はおどおどしながら頷いた。

龍之介は腰の脇差しを押さえながら、また家を飛び出した。

これまで付近をうろつき、ようやく土地鑑が付いてきた。

ご隠居宅を中心にして、南に行けば竪川の掘割、西には大川と御竹蔵がでんと控えている。東に行けば大横川の掘割があり、北には、御竹蔵から出る南割下水がある。

おおよそ、四方を竪川、大川、大横川、南割下水で囲まれた地域だ。

南に向かい、竪川にあたって右手に行けば、回向院や大川端になる。おそらく、美帆殿は、前にご隠居が大川端に行った話を思い出して、回向院方面に行ったのだろう。

光殿は竪川に向かって左手を捜しに行った。竪川の両岸に町人地が広がっている。

ご隠居はその町人地を彷徨っていると光殿は判断したのだろう。

裏手の林を抜け、一直線に横手に伸びた割下水の岸辺に立った。汚水の臭いが鼻をついた。

割下水は道の中央を割って流れる汚水堀である。昔、湿地帯だった大川の左岸を開拓した時、水抜きの水路として造られた。北と南の二つがあり、北割下水は源光寺《げんこうじ》付近から、龍之介が立っている南割下水は御竹蔵の敷地から発している。どちらも、横《よこ》十間川《じつけんがわ》まで延びていた。

龍之介は割下水の左右に目を走らせた。付近には、小禄の幕臣たちの小屋敷が建っている。ご隠居はいない、と踏んだ。

龍之介は割下水に沿った道を西に向かって駆けた。すぐに御竹蔵を囲む堀端に着いた。

御竹蔵は幕府直轄の資材置場だ。大川に面した広大な御竹蔵の敷地の周囲は、幅はあまりないが、深い堀が取り囲んでいる。

もしご隠居が堀の中に落ちたら、きっと溺れ死ぬ。龍之介が常々危険な場所と思っていた堀だ。だが、左右真直ぐに延びた堀では、のんびりと釣りをしている人影がいくつもあった。

龍之介はほっと安堵した。ご隠居が堀に落ちていたら、釣り人は大騒ぎをしているはずだ。ここには来ていない。

龍之介は、今度は真直ぐに竪川に向かって駆け出した。武家小屋敷、町家の家々、武家長屋、町人長屋。いろいろ建っている街なかを一気に駆け抜け、竪川に着いた。

深呼吸を何度も繰り返し、乱れた呼吸を整えた。

竪川の両岸には、町人の家々が軒を連ねて、びっしりと建ち並んでいる。

掘割の左右に目を走らせた。掘割沿いの道では、子どもたちが追い駆けっこをしたり、縄跳びをしていた。騒ぎが起こっている様子は何もない。

威勢のいい魚屋が、天秤棒《てんびんぼう》を担ぎ、大声を上げて魚を売っている。行商人らしい人影が足早に歩いていた。買物帰りらしい女たちが歩きながら、何事か声高におしゃべりしている。

対岸側の道も似たような人の動きで、いつもと変わりない。通行人の姿はちらほらとあるが、ご隠居らしい人影は見当たらない。

目の前に三ツ目橋が、その向こうに大横川と交わる辻橋が見えた。どちらも人が渡っているが、ご隠居ではない。

龍之介は、まずはご隠居が三ツ目橋を渡っていないと踏んで、こちら岸の街なかを捜そう、と心に決めた。

龍之介は、掘割沿いの道を歩きながら考えた。

ご隠居がこれまで徘徊していた地域は、何もない田畑や荒地ではなく、人家のある街なかだった。それも武家の屋敷街ではなく、町家の密集した街なかをうろついていた。だから、ご隠居は今回も町人の街をうろついているに違いない。

ご隠居は、町人庶民の生活を見て回るのが好きなのかも知れない。

龍之介は懐手しながら、ゆっくりと歩いた。十字路に差しかかる度《たび》に、角から通りを覗いた。

碁盤の目のように真直ぐに延びた道は、交差点から通りの先まで見通せる。ご隠居か光の姿がないか、道に佇む人影に目をやった。

三ツ目橋の袂まで来て、龍之介はふと足を止めた。橋から真直ぐに延びた通りに見覚えのある黒い熊面があった。扇屋久兵衛の姿が通りにあった。久兵衛は身を屈め、誰かと話をしていた。

どうして、ここに久兵衛が居るのだ?

龍之介は通りに入り、あたりを見ながら、久兵衛の方に歩いて行った。

久兵衛は、ねんねこ半纏で赤ん坊を背負った娘子と話をしていた。娘子は十《とお》ほどの歳で、手拭いを頭に巻いていた。ねんねこ半纏に包まれた赤ん坊は丸々とした顔で、眠っている。

「あ、相良様」

久兵衛は龍之介に気付き、屈めていた腰を伸ばした。

「こんなところで、何をしているのです?」

「いやあ、小用がありましてな」

娘子は突然現われた龍之介に不審の目を向け、じっと睨んでいた。澄ました顔はまだ幼いのに、どこか凛とした気配があった。

「相良様こそ、どうしてこちらを」

「ご隠居が家から姿を消しましてね。捜しておるのです。どこかで、ご隠居を見かけませんでしたか」

「……ご隠居様がふけられたのですか？　いえ、私は見ていません」

久兵衛は熊面を崩して笑顔でいった。

「そうですか。では、御免」

龍之介は久兵衛と娘子に会釈して、捜しに戻ろうとした。

「相良様、ちょっとお待ちください。お会いしたついでにお話があります。こちらの用事が済むまで、お待ちいただけませんか。時間は取らせません」

「……うむ」

龍之介は懐手をしたまま、うなずいた。探索を続けたいが、時間を取らせないのなら、構わない。

久兵衛は娘子に小声で話しかけ、懐から手紙と財布を取り出した。手紙を娘子に手渡し、おっかさんにね、といった。そして、財布から小銭を取り出し、娘子の小さな手に握らせた。

「これで、飴でもお買い」

「うん、おじさん、ありがとう」

娘子は嬉しそうに笑い、ちょこんと頭を下げた。ねんねこ半纏に包まれた赤子も一緒に頭が下がった。それでも赤子は眠っている。

ねんねこ半纏の娘子は、急いで長屋に駆け戻って行く。久兵衛は「走ると危ないから、気をつけて」と熊面とは思えない優しい声でねんねこ半纏の娘子にいった。

「可愛いですなあ」

久兵衛は熊面を緩めていった。

「はい。いい子ですね。頭もよさそうだし」

「そうですよね。だから、なんとかしてあげたいと」

久兵衛はそこまでいうと、慌てて言葉を噤《つぐ》んだ。

龍之介は訊いた。

「で、話と申すのは？」

「歩きながら、お話しします」

久兵衛はゆっくりと三ツ目橋の方角に歩を進めながら、あたりを見回した。

「御高祖頭巾の女のことで、少し分かったことがあります」

「いいのですか？　依頼人のことは、信義上、何もいわぬと申していたではないですか」

「はい。しかし、ことはご隠居様との関係がありますので、ぜひとも相良様のお耳には入れておいた方がいい、と判断いたしました」

久兵衛は、あたりを窺った。

三ツ目橋の前まで歩いて来ていた。

女連れの侍が、中間小者を伴って橋を渡って行く。

久兵衛と龍之介も橋を渡った。

「御高祖頭巾の女は五月《さつき》様といい、ご隠居様の下で働いていた元大奥の御女中でした」

「なんと、ご隠居の配下の者だというのですか」

龍之介は思わず足を止めた。だが、久兵衛に促され、また一緒に歩き出した。

「はい。それが分かったのは、五月様から、あるご依頼があったからです」

「いいのですか？　話しても」

龍之介は訝った。久兵衛が依頼された内容を話すのは、これまた重大な信義違反になる。

「これは、話してもいいお話です」

久兵衛は熊面を崩した。

「私が五月様から依頼されたのは人捜しでした。これが、その人捜しの名簿です」

久兵衛は懐から、一枚の紙を取り出し、龍之介に渡した。龍之介は、紙を受け取り、紙に書かれた名前を一瞥した。六名の名があった。いずれも女の名前だった。名前とともに出自と職名が書かれていた。いずれも大奥の役職だった。

「これらの人たちは？」

「大奥から宿下がり処分にされた御女中たちです」

「宿下がりを命じたのは、まさか……」

「そうです。上老女だったお嶺様です」

久兵衛は熊面を綻ばせた。

「五月様は、やや口を濁していましたが、ご隠居様が私どもに、これら六人の居場所、いまの暮らしの様子を調べるようにとご指示されたのです」

「扇屋は人捜しもやるのですか？」

「ご依頼があれば、なんでもやります。ただし、人の道に反することのお手伝いは、お断わりしていますが」

久兵衛はにやっと笑った。

「それで、ここにある名簿の元御女中たちのこと、全員調べたのですか？」

「はい。ほぼ全員、調べ上げました」

「ほぼ全員？」

「一人だけ居場所は突き止めたのですが、お会いできていません。ですが、いずれ、連絡は取れるでしょう」

「調べた結果は、どうだったのですか？」

「六人中、お一人はコロリで亡くなっていました。ですから、御遺族にお目にかかって、お香典をお渡ししました」

龍之介は名簿に並んだ名前のうち、お厘《りん》という名の上に、物故《ぶっこ》と書いてあるのを見た。

「これら六名は、どういう理由で宿下がりの処分を受けたのでしょう？」

「相良様、そこですよ。問題なのは」

久兵衛は足を止めた。目の前に、茶屋の看板が掛かっていた。暖簾が風に揺れている。

「歩きながらでは、なんですので」

龍之介は手で久兵衛を制した。

「久兵衛殿、それがし、いま徘徊に出たご隠居捜しの最中です。またあとにしてください」

「そのご隠居様の徘徊に関係しているのですよ。徘徊の理由が分かれば、ご隠居様がどこにいるかも分かる」

「なに、徘徊の理由が分かるですと」

「そうです。急がば回れと申しますぞ。まずは、お茶を飲みながら、話を聞いてください」

久兵衛は格子戸を開け、暖簾を分けて店内に入った。龍之介もあとに続いた。

「いらっしゃいませ」

仲居の声が響いた。

六

仲居の女が、龍之介と久兵衛の前に和菓子の皿とお茶を入れた湯呑み茶碗を置いた。

「どうぞ、ごゆっくりなさいませ」

仲居は愛想笑いをし、台所へ引き揚げて行った。早速に龍之介は名前が書かれた紙を卓の上に広げた。

残る五人の元御女中の名は、楓《かえで》、志乃《しの》、梓《あずさ》、美紀《みき》、佐奈江《さなえ》だった。

楓と志乃の二人は武家の娘、梓と美紀、佐奈江の三人は町家の娘とあった。コロリで亡くなったお厘は、町家の娘だった。いずれも、大奥に上ったころは、まだ十七、八歳の若い娘たちだ。

「五月様によると、亡くなったお厘様をはじめとする、この六人は、いずれ劣らぬ美しい女たちで、御上も至極お気に入りの御女中でした」

「………」

龍之介は久兵衛の勿体《もったい》ぶった話にやや反感を抱いた。だから、ご隠居の徘徊といかな関係があるというのか。

「六人は、上老女のお嶺様から、いずれも宿下がりの処分を受けたのですが、それぞれに理由があったのです」

「どのような？」

「楓様と美紀様、梓様は、それぞれ不義密通の罪でした。それで、この御三人は、宿下がりを命じられたとのことでした」

「大奥で不義密通というのは、いかなることですか？」

「大奥の外に男を作り、密通したということです」

「ははは。外に男を作ったのが不義密通ですか」

贅沢な、と龍之介は頭を振った。御上には、ちゃんと奥方も側室、お側女《そばめ》も居られるだろうに。それでも満足せずに、無垢《むく》な御女中に手を出すというのか。

「怒った御上が三人に宿下がりを命じたのですな？」

「それが違うのです。お嶺様が、いち早く、御上の激しいお怒りを買うだろうと思い、手討ちとか斬首などの厳しい処分が下りる前に、楓様や美紀様、梓様に宿下がりを命じたのです」

「なんだ、ではご隠居が三人の命を救ったようなものではないですか」

「そうですが、これはあくまで、表向きの理由でした」

「裏の理由があるというのですか？」

久兵衛は頬髯を崩して、にやっと笑った。

「三人とも大奥に上がる前から、将来を言い交わした許婚がいたのです。それで、それと知っていたお嶺様が、御上のお手がまだ付かぬうちに、三人をあいついで宿下がりさせたのです」

「では、御上が怒ったのは、そんな処分を出した上老女に対してだったのでは？」

「いいえ、それがまた違う。上老女のお嶺様は、奥方様と相談した上でのこと。奥方様はご自分が宿下がりを命じると、御上の面目を潰しかねないので、上老女のお嶺様に頼んで、三人を宿下がりさせた。だから、御上がお怒りになったのは、表向き上老女のお嶺様に対してですが、本当は裏にいた奥方様へのお怒りでした。これが真相でした」

「奥方様は、御上が若い美形《びけい》の娘に手を付けるのが、許せなかったのでござろうな」

龍之介は最中《もなか》を一個摘み、口に頬張った。あんこの甘味が口の中に広がった。

久兵衛も最中を食べ、茶を啜った。

「御上は、志乃様、佐奈江様、亡くなったお厘様にも目を付けたらしいのです」

「なんと御盛んな殿でござるな」

「相良様、そうはいっても、お殿様はお世継を作る運命を背負っているのですぞ。お世継がなければ、お家は安泰ではなくなる。幕府からお家断絶を言い渡されるかも知れないのですからな」

「この御時世に、お家大事ですか」

龍之介は呆れてため息をついた。

黒船騒ぎが起こり、世は尊皇攘夷か開国佐幕かと大騒ぎになっているというのに、奥州の大藩では、まだお世継を作るなどといっているのか。

「残念ながら、大藩といえども、まだ幕藩体制から抜け出していないのです」

「悲しいことですね」

龍之介はもう一個最中を齧《かじ》り、温かいお茶を飲んだ。久兵衛は火鉢に置かれた鉄瓶を取り上げ、急須に熱湯を注いだ。お茶の芳しい匂いが立ち昇った。

「御三方は、別々にですが、御上から呼ばれて、夜伽《よとぎ》を命じられたのです」

「三人とも夜伽を断ったのでしょう？」

「いいえ。武家娘の志乃様は喜んで夜伽をすると返事をされたらしい」

「ほう。そういう女の方もいるのですね」

龍之介は女の心は分からないものだ、と思った。

久兵衛は急須の茶を龍之介の湯吞み茶碗に注ぎながらいった。

「これにも裏があるのです」

「裏？」

「志乃様は、御家老原野《はらの》様の妾の娘でした。父親としては、娘の志乃に御上の手が付き、お側女として召し上げられれば、これ以上の果報はない。正室、側室に次ぐお側女ですからな。もしご懐妊ともなれば、お世継の後見人も夢ではない」

「ふうむ」

龍之介は最中の残りをお茶で飲み込んだ。

「奥方様の苦悩を知ったお嶺様は、代々藩主が大切にしてきた家宝の掛け軸を汚して駄目にしたということで、志乃様を宿下がりになさったとのことでした」

「志乃様は、本当に掛け軸を汚したのですか？」

「さあ。それは、どうか分かりません。口実ですから。もしかしたら、お嶺様が誰かを使って、捏《でっ》ち上げたのかも知れませんな」

「ふうむ」

龍之介は言葉がなかった。

「残る佐奈江様とお厘様は、いずれも町家の娘が行儀作法を習うために大奥に上がったので、野心はなかったのでしょう。御上に夜伽せよと指名されたら、お厘様は断って大奥から逃げ出した。佐奈江様は病気を理由に女中部屋に籠もって、夜伽を拒んだらしいのです」

「ははは。それは愉快」

「でも、お嶺様としては放っておけませんから、お厘様と佐奈江様に、早々に宿下がりを命じたのです。でないと、怒った御上がどんな処断をくだされるか分からないですから」

龍之介は頭を振った。

「御上も困ったものだ。で、そうしたことと、ご隠居の行方との関連は何があるのですか」

「五月様のお話では、お嶺様は宿下がりさせた方々の、その後をひどく心配なさっておられるらしいのです」

「………」

「宿下がりさせてよかったのかどうか、お嶺様は心配し、五月様に、密かに六人の元御女中の様子を調べるように命じられた」

「なるほど」

龍之介はだんだんと久兵衛のいいたいことが分かってきた。

「五月様は、お嶺様に命じられて私に依頼して来たのです。ここにある六人の元御女中の居場所や消息を調べてほしい、と」

「久兵衛殿は、その依頼を引き受けたのですね」

「はい。おカネになりますしね。それに人助けにもなる」

久兵衛はにんまりと笑った。

「で、調べた結果があるのですね」

「はい。報告書を作り、五月様にお渡ししました」

龍之介は疑問に思った。

「久兵衛殿は、いったい、どうやって、六人の消息を調べたのです？」

「私の手の者に」

久兵衛は顎鬚をしごくように撫でた。

「私のような稼業をするには、いろいろ情報を取る必要に駆られます。手の者を普段から養成していないと、こうした時に困るものですからね」

「久兵衛殿の手の者というのは、どういう人たちなのです？」

「番頭の与吉の配下の者です」

龍之介は与吉の端整な顔立ちを思い浮かべた。与吉の身の動かし方には、何かの武術の動きを感じさせる。

あの与吉の下にいる手の者たちとは、どんな連中なのか。

龍之介は久兵衛がただの扇屋ではなく、後ろに大きな闇を抱えた人物に見えてきた。

久兵衛はにやりとした。

「ですから、結論をいいますと、ご隠居は、五月様から受け取った報告書をもとにして、この六人の、といっても一人は亡くなってはいますが——居場所を探して徘徊している、と」

「なるほど。では、この深川界隈には、誰がいますか？」

龍之介は六人の名前を見た。

久兵衛は笑いながら、六人のうちの一人、佐奈江を指差した。

「おそらく、この元御女中の家の周りをうろついておられるのではないか、と」

# 第四章　恩讐《おんしゅう》の宿下がり

## 一

龍之介は久兵衛と連れ立って茶屋を出た。

佐奈江の住まいは、すぐ近くにある、という話だった。

久兵衛は三ツ目橋に戻り、橋の上で立ち止まり、あたりを見回した。

「相良様、少々、お待ちくださいい。ちと気になることがありましてね」

龍之介は何事かと思い、久兵衛の視線の先を見回した。

真直ぐに伸びた掘割竪川の両岸には、町家がひしめくように建ち並んでいる。鍛冶《かじ》屋《や》、桶屋《おけや》、建具屋《たてぐや》、豆腐屋、八百屋、魚屋、乾物屋から、質屋、船宿、茶屋、居酒屋などまで雑多な店が軒を並べている。

そうした店が並んだ岸に、掘割に沿った道がそれぞれ一本ずつ伸びている。久兵衛は、その両岸の道を歩く人影に鋭い目を向けていた。

「さっき歩いて来た時、誰かに尾けられているような気がしましてね。それで、茶屋に入ったのです。話を聞かれてはまずいので」

「…………」

龍之介はあたりを見回した。

己れも知らぬ間に三人の男に尾けられていたことを思い出した。ただの尾行者ではない。殺気を帯びていた。あやつら、何者だというのか。

久兵衛は独り言のようにいった。

「ま、大丈夫でしょう。では、ご案内します」

久兵衛は龍之介の先に立って歩き出した。

三ツ目橋を渡って戻り、そのまま真直ぐに歩いて行く。さっき龍之介と久兵衛が歩いて来た道だ。

久兵衛が笑みを浮かべながらいった。

「さっき、ねんねこ半纏で赤ん坊を背負った娘子がいたでしょう?」

「うむ」

「あの娘子が佐奈江様の娘なのです」

「では、佐奈江殿の住まいがこの通りにあるというのですか」

龍之介は驚いて道の先を眺めた。道の両側には、町家の家々や長屋が軒を並べていた。

子どもたちが、道で遊んでいた。先ほどのねんねこ半纏で赤子を背負った娘も、子どもたちに混じっていた。一人の男の子がしゃがみ込み、両手で目を隠していた。大声で数を数えはじめた。子どもたちは、一斉に四方に駆け出し、家の間や細い路地の角に隠れた。

先の道の角から、女が小走りで飛び出して来た。あたりをきょろきょろ見回し、人を捜している。光だった。

龍之介は手を振った。

「おーい、光殿。ここだここだ」

「相良様、ご隠居様はおられませんでしたか」

光は息急《いきせ》き切って走って来る。だが途中、息が切れたのか立ち止まり、肩で息をした。

「こっちには、ご隠居の姿はない」

龍之介は叫んだ。

久兵衛が龍之介の袖をちょんちょんと引いてささやいた。

「相良様、さきほどお聞かせした五月様から依頼された件、内密にお願いします。私の信用にかかわる大事なので」

「分かりました。口外無用《こうがいむよう》ですな」

「私が、なぜ、ここにいるかも。偶然にお会いしたことにしてください」

「了解です」

龍之介は久兵衛の方を見ずに答えた。

光はようやく息がつけた様子で、こちらに小走りでやって来る。

「あら、扇屋様も、ご一緒ではありませんか」

龍之介はうなずいた。

「久兵衛殿には、偶然、ここでお会いしてな。ご隠居がどこかに消えたといったら、こうして一緒に捜してくれたのだ」

久兵衛も調子を合わせた。

「私も心配し、ご隠居様は、どちらに御出でかとお捜ししていたところです」

光は三ツ目橋を渡った先を指差した。

「橋の向こうの本所深川には？」

久兵衛は首を振った。

「私が三ツ目橋に来るまでですが、ご隠居様のお姿は見かけませんでしたね。もっと注意して路地の奥などを見て来ればよかったのですが」

「ご隠居様、いったい、どちらをふらついていらっしゃるのかしら」

光はため息をつき、心細そうにあたりを見回した。龍之介は光にいった。

「まだ暗くなるまでには時間がござる。手分けしてこの付近をもう一度捜し、いなかったら、美帆殿たちのいる回向院の方に行ってみましょう。もしかして、美帆殿たちがすでに見付けているかも知れない」

「はい。分かりました。私はもう一度、あちら側を調べながら、回向院の方に向かいます」

龍之介はうなずいた。

「では、それがしたちは、竪川沿いの道や路地をあたりながら、回向院の方に向かいます」

「では、また」

光は小走りに来た道を戻って行った。

久兵衛は龍之介にいった。

「まずは佐奈江様にお会いし、ご隠居が訪ねて来なかったか、尋ねましょう」

佐奈江は、御上の夜伽の命令を拒み、病気を理由に女中部屋に立て籠もった御女中だ。

久兵衛は佐奈江の娘を捜した。

「先ほど、私が佐奈江様の長屋をお訪ねしたら、お留守だと聞きました。それで五月様からお預かりした文《ふみ》を、娘さんに手渡したのですが。もしかして、もうお帰りになっているかも知れません」

かくれんぼうの鬼になった男の子は、真っ先にねんねこ半纏を見付けた。娘子は背の赤ん坊の背をとんとんと後ろ手で叩きながら路地の裏から出て来た。久兵衛が近付いて声をかけた。

「おっかさんはお戻りかな」

「あ、おじさん、はい。さっき戻りました。文は渡しました」

「そうかい。いい子だ。じゃあ、おっかさんにお目にかかろうかな」

「はい。どうぞ」

娘子は笑顔になり、久兵衛と龍之介の先に立って歩き出した。ねんねこ半纏に包まれた赤ん坊は娘子が歩く度に頭を上下させている。

娘子は路地に入った。奥の一角に二階建ての長屋が連なっていた。普通の庶民の裏《うら》店《だな》とは違う、やや暮らし向きのいい武家奉公人たちの長屋と見受けられた。

娘子は五軒長屋の右端の長屋の玄関に駆け込んだ。久兵衛は足を止めて待った。

龍之介は腕組みをし、あたりを見回した。

長屋の周りには柵はなく木戸もない。背後の武家屋敷の築地塀《ついじべい》があった。長屋の住民たちは、その武家屋敷に通う奉公人だと思われた。

右端の玄関の格子戸が開き、娘子の手に引かれて、母親らしい女が顔を出した。

「おっかさん、こちらのおじさんよ」

久兵衛は腰を低くして母親に挨拶した。

「これはこれは、佐奈江様、お初にお目にかかります。突然にお訪ねいたしまして……」

女は丸い顔の、しかし整った目鼻立ちをしていた。右頰の小さな黒子《ほくろ》が目立っていた。

久兵衛は名乗り、龍之介のことも紹介した。

「佐奈江と申します。外ではなんですので、どうぞ、中にお入りになってくださいませ」

佐奈江は龍之介と久兵衛を玄関に導いた。

「いや、それがしたちは、すぐに帰りますので、ここでも……」

龍之介は遠慮しようとした。

久兵衛が龍之介に隣を見ろと目配せした。隣の長屋の庭で、洗濯物を物干し竿に掛けている女たちが、話しながらこちらを見ていた。

「では、失礼いたす」

龍之介は久兵衛に続いて、玄関先の狭い三和土《たたき》に入った。上がり框の後ろに二畳ばかりの板の間があり、左奥に四畳半の畳の間と台所、さらに二階に上がる階段が見えた。

娘子はねんねこ半纏のまま、部屋に上がって畳の間に座っていた。

龍之介と久兵衛は、上がり框に並んで腰を下ろした。

「そこに、お二人では窮屈でしょう?」

「いや、それがしたちは用が終われば、すぐ退散いたしますので」

佐奈江は板の間に正座し、留袖の袖を口元にあててにこやかに笑った。清々《すがすが》しい、いい笑顔だった。

龍之介はさっそく尋ねた。

「こちらに、本日、ご隠居のお嶺様はお訪ねになりませんでしたか」

「いえ。御出でになりませんが、ご隠居様に何かあったのですか？」

佐奈江は勘が良さそうな女だった。龍之介はいった。

「ご隠居は、最近徘徊なさるようになり、今日も黙って家を抜け出したのです。それで、みんなでお捜ししているのです」

「徘徊なさる？　まさか、本当ですか？　お嶺様は御歳を召しても、しっかりなさっておられる、と思っておりましたが」

久兵衛が龍之介に代わって訊いた。

「以前にも、御出でになったのですか？」

「はい、一度。半月ほど前、暗くなってから、突然、お付きの方に案内されてお忍びでお越しになられました」

「お付きの方というのは」

「御高祖頭巾を被った御女中でした」

久兵衛は龍之介と顔を見合わせた。

「おそらく五月様です。半月前というのも、私が調べた結果を報告したころに一致します」

龍之介が久兵衛に代わって訊いた。

「その時には、ご隠居とは、どんなお話をしましたか？」

「私が宿下がりしたあとのことを、根掘り葉掘り訊かれました」

「根掘り葉掘りですか？」

「はい。私が宿下がりしたあと、いいご縁があって、いまの主人と夫婦になり、子どもも二人にも恵まれたと申し上げたら、ご隠居様は涙を流され、喜んでおられました。よかったよかった、と」

久兵衛は髯面を崩して笑った。

「そうでしたか。それは良かった。ご隠居様は上老女時代に佐奈江様を宿下がり処分になさったことを、ひどく悔いていたそうです。佐奈江様は宿下がりさせられたあと、さぞかし苦労なさったろう、と」

「はい。宿下がり処分のせいで、私はすべての縁談を断られ、商家の親からは勘当《かんどう》され家出同然の身になりました。ですので、一時、お嶺様をお恨みした時もありましたが、いまはかえって感謝いたしております」

「さようか」

久兵衛はうなずいた。

「私が自分の身を守ったことは、決して悪くない、間違っていないと、歯を食いしばって小料理屋の仲居をして働いているうちに、いまの主人に見初められたのです」

今度は龍之介が感心した。

ならぬことはならぬものです、という言葉が頭に去来した。佐奈江は会津士道と同じ道義を身につけている。

久兵衛が尋ねた。

「ご主人は、どういう御方ですか」

「主人は、相田《あいだ》家のご当主様に若党として御奉公させていただいています」

若党は武家奉公人の筆頭として、屋敷にいる奉公人たちを管理指揮する責任者だ。主人が出かける際には、供侍として護衛する役目もある。だから、腕の立つ者が多い。禄《ろく》はないが、武家奉公人は士分ではないが、腰に大小の刀を二本差した侍の格好をしている。ないが、主人からしかるべき給与が支払われる。

「……暮らしは貧しいですが幸せです。いまでは商家の両親も、私たちを認めてくれて、勘当を解いてくれました。でも、生活が苦しくても、私は侍の妻として生きます。商家に戻るつもりはありません」

佐奈江はきっぱりといった。龍之介は胸を打たれた。ご隠居も、佐奈江の幸せな生き方を聞いて、さぞ安堵したことだろう。

久兵衛が声を低めて訊いた。

「ところで、佐奈江様、先に娘さんにお渡しした手紙だが……」

「はい。お手紙は拝見いたしました。ですが、私には何も思い当たるところはありません。私のお役は、下《しも》御末や部屋方とあまり変わらぬ御膳部女中《おたてづめ》でした。とても上役の方々の内緒話など聞く機会はありませんでした」

龍之介は何のことだ、と久兵衛の顔を見た。久兵衛は龍之介にちらりと目をやり、

「あとで話します」といった。

「私などよりも、同じころ、宿下がりになられた美紀様の方が何かご存じかも知れません。美紀様は御下方《おしたかた》でしたから、上役の席にも同席なさることも多かったので」

「御下方？」

龍之介は頭を傾げた。大奥の役位はあまり知らない。

佐奈江は微笑んだ。

「大奥のお役には、上から順に、老女、中老、御部屋、御傍、御小姓があり、御次、御膳部女中、御末、部屋方が続きます。御下方は、その御傍と御次の間のお役で、十

人ほどの美しい十七、八の妙齢の娘たちが集められます。みなさん、三味線《しゃみせん》、鼓《つづみ》、笛、太鼓、唄がお上手で、いろいろな席で演奏したり、歌を唄い、御上をお慰めします」

「美紀様は、そのお一人だったのですか」

「はい。そのため、御上が見初めたと聞いてます」

「なるほど。そうでしたか」

龍之介は久兵衛と顔を見合わせた。

「ですから、美紀様なら、もしかして何か聞き付けておられるかも知れない。五月様に、そうお伝えください」

「分かりました。そう伝えましょう」

久兵衛はうなずいた。

二

陽はだいぶ西に傾いていた。掘割の竪川には、深川の遊廓通いの猪牙舟や屋根船が往き交っている。どこからか、女の嬌声や三味線の音が風に乗って聞こえてくる。

竪川沿いの道には、買物客や遊興客が大勢往来していた。いつものように、腕白盛りの子どもたちも通りや路地を駆け回っている。

龍之介は、ゆっくりと歩きながら、脇の久兵衛に訊いた。

「久兵衛殿、さっきの話ですが」

「はい。五月様の文のことですな」

久兵衛は肩を並べながらいった。

「五月殿は、文で佐奈江殿に何を問い合わせたのです？」

「私も詳しくはお聞きしていないのですが、五月様によると、大奥で何やら陰謀《いんぼう》が企てられている、というのです。それを佐奈江様にお尋ねになったらしい」

「なぜ、大奥を宿下がりさせられた者に、そんな大事を尋ねるのです？　いま大奥にいる者に尋ねた方がいいのでは？」

「大奥にいる者は、差し障りがあるので、たとえ口が裂けても話せないでしょう。だが、大奥を下がれば、話すことはできる」

「しかし、佐奈江殿が宿下がりさせられたのは、十年も前のことではないか」

「五月様によれば、佐奈江様たち六人が宿下がりさせられた処遇の背後に、実は何かの陰謀が隠されていたのが分かったそうなのです」

「何の陰謀ですか？」

「藩存亡にかかわる大事だそうです」

龍之介は、おおよそ見当がついた。

「その大事というのは、お世継問題ですな」

「そうらしい」

久兵衛は顎鬚をしごくように撫でた。

藩主や藩執政が恐れるのは、転封《てんぽう》や改易《かいえき》、何よりも藩のお取り潰しだ。万が一、藩が幕府に睨まれ、お取り潰しにされたら、藩士やその家族、奉公人、中間小者など大勢が路頭に迷う。お取り潰しの最大の原因といえば、藩主のお世継問題である。

黒船到来以来、薩長をはじめとする地方の大藩が群雄割拠《ぐんゆうかっきょ》し、幕藩体制が大揺れに揺れている時代だ。とても幕府には大藩を取り潰す力などない。そういう御時世なのに、藩主のお世継にからむ陰謀が企てられている？

龍之介は呆れ返った。小さい小さい、という勝海舟や西郷頼母の声が耳に響いた。

龍之介はふと疑問が頭に浮かんだ。

「五月殿は陰謀の企てがあると、どうして分かったのですかね」

「私も、その疑問を最初に五月様にぶつけました。すると……」

久兵衛は尾けている者がいないのを確かめてからいった。

「お嶺様が自ら宿下がりを決めてまもなく、一通の文が届けられたそうなのです。お嶺様は、その文を読んで驚愕なさった。文には、大奥で藩を揺るがすような一大陰謀工作が密かに進められている、と書かれていたのです」

龍之介は訝った。

「一大陰謀がある？　いったい、文の差出人は誰だったのです？」

「お嶺様がかつて宿下がりの処分にした六人のうちの一人、お厘様です」

龍之介は懐から六人の名が書かれた名簿を取り出した。

お厘。コロリに罹り病死とある。

「たしか、お厘殿は、殿の夜伽を拒んで大奥から逃げ出した御女中ではなかったですか」

「そうです。お厘様は浅草小町《こまち》といわれるほどの器量よしで、三味線が弾け、長唄が上手《うま》い町娘だったそうです。それで、大奥へ上がると、すぐに御下方に引き上げられました」

「美紀殿と同じ御下方ですか」

「……そのお厘様の文には、お厘様が宿下がりさせられたあとの苦労の数々が綴られていました。夫にも死なれ、いまでは深川の遊廓の女郎に身を落とすまでになったこと。それでご隠居や奥方様への恨み辛みが書いてあったそうです」

「…………」

「お嶺様は、まず文を読んで衝撃を受けられました。善かれと思って宿下がりさせたお厘様から、その後に地獄のような生活をしていると訴えられたのですからな」

「…………」

「お厘様は、さらに大奥にいた時に、小耳に挟んだ陰謀の企てについて書いていました」

「どのような企てなのです？」

「奥方様と御子、お嶺様の三人を毒殺する陰謀の企てがあると。その企てが上手《うま》くいくようにと呪いの言葉があったそうです」

「……ふうむ。その陰謀は、誰が進めているというのですか」

「文には、誰が、ということは書いてなかった。それで、すでに宿下がりしていたお嶺様は、慌てて五月様を呼び、至急に陰謀の企てを調べるようお命じなさいました」

「…………」

「命《めい》を受けた五月様は、深川の遊廓に乗り込み、お厘様に会おうとしました。お厘様も明日なら会ってもいいとなったのですが、その日の夜に急に苦しみ出してコロリと死んでしまいました」

「………」

「それでお厘様はコロリに罹って死んだとされたのですが、医者が診てのことではないので、本当にコロリが死因かどうか分かりません」

久兵衛は顎鬚を撫でながら思案げにいった。

「五月様も私も、口封じされたのではと疑っています」

「口封じ？」

「お厘様が陰謀の企てを知っていて、ご隠居様に洩らすかも知れない、と何者かが嗅ぎ付け、お厘様に毒を盛って殺した」

ありうることだ、と龍之介は思った。

「お厘殿が亡くなった時、誰か一緒だったのでは？」

「五月様によると、廓《くるわ》の遣手婆は、初めて見る顔だといっていたそうでした」

「初めて見る顔？」

「町人の男だったらしいですが、お厘様が苦しんで死ぬと、いち早くとんずらしたそうなのです。コロリがうつると恐いといって」

真相は闇の中か。龍之介は唸った。

「ご隠居様は、それで五月様に命じたのです。残り五名の元御女中を調べろ、と。一つには、お厘様が陥った地獄のような生活をしている人がいたら、なんとかしよう、と思ったのでしょうな。もし、同じような境遇の人がいたら、謝りたい気持ちもあったのではないか、と思います」

「それで五月殿は、扇屋に、五人の人捜しを依頼したのですな」

「さようです」

久兵衛は足を止めて振り向いた。桶屋と鍛冶屋の間に入る路地の前だった。

「相良様、この路地を入った先に、梓様が住む長屋がございます」

龍之介と久兵衛は、あたりを見回した。やはりご隠居らしい人影は見当たらない。

久兵衛は懐から帳面を取り出して開いた。

「梓様は、日本橋に店を開いた砂糖屋の一人娘でしたな」

梓は器量良しで、男のように気っ風《ぷ》がいいという評判だったが、親が娘の将来を心配して、大奥に上がらせ、行儀作法を習わせた。だが、御上が梓を気に入り、お手が付きそうになった。梓には許婚《いいなずけ》の番頭がいた。

梓は上老女のお嶺様に泣き付き、宿下がりを願い出た。それで、お嶺様は不義密通を捏《でっ》ち上げ、それを口実に梓を宿下がりにして、実家に返した。

「なるほど。その後は、どうなった?」

「待ってくださいよ」

久兵衛は指を舐め舐め、さらに帳面をめくった。

「実家に戻ったものの、許婚の番頭は梓様が居ない留守に吉原通いを覚え、仕事もせずに女遊びに狂った。梓様は健気《けなげ》なことに番頭を立ち直らせようと、二人で手に手を取って出奔し、大坂に。怒った父親は娘を勘当し、番頭も馘にして、婚姻も破談にした。数年経って、梓様は番頭の男と別れて戻ったが、父親は許さない。その後、梓様は居酒屋の仲居となって働くうちに、やっちゃ場の番頭に見初められて、いい仲になって夫婦になった、とありますな」

「やっちゃば?」

「青物市場ですよ。いまは、梓様はやっちゃ場の大番頭のおかみさんになって、女だてらに市場を仕切っているとのことです」

「子どもは?」

「娘と男の子の二人。夫婦四人で二階建て長屋に住んでいるそうです」

「実家の親は娘と仲直りしたのかな?」

「実家の商家は娘を勘当したあと、まもなく商売が傾き、ついに破産、店は競売にかけられたとなっています。両親は越後《えちご》の田舎に帰り、小さな店を開いているらしい」

「よく、調べてあるなあ」

龍之介は久兵衛の手元の帳面を見ながら感心した。久兵衛は髯面を歪めて笑った。

「そりゃあ、裏稼業とはいえ仕事を斡旋する以上、いろいろお店のことは調べておかないと」

久兵衛は帳面を閉じ、懐に捩じ込んだ。

「では、梓様の様子を見に行きますか」

久兵衛は路地に入って行った。龍之介もあたりに目を配りながら後に続いた。

北に向かい真直ぐな道は南割下水まで続いている。少し歩くと、ほどなく両側の家並みが切れ、畑や木々の雑木林に代わった。

久兵衛は雑木林に差しかかると、左手に折れ、林の中の小道を歩き出した。行く手に雑木林を背にした、粗末な板造りの長屋の集落があった。このころ、江戸に増えた貧民窟だ。龍之介は久兵衛の後ろに付いて歩きながら、ふと見覚えがあるように思った。

林の中を抜けると野菜畑に出た。真直ぐ西に向かう道の先には回向院の伽藍が見える。

野菜畑の左手に目を向けると、一群の貧しい長屋の棟があった。畑の右手には、櫟《くぬぎ》林が見えた。櫟林の端に見覚えのある稲荷神社の祠があった。

以前、あの祠の陰から、畑越しに長屋に目をやったのを思い出した。

あの時、ご隠居は寝巻姿に赤い派手な打掛けを羽織っていた。ご隠居は長屋の敷地の出入口で、赤いねんねこ半纏を背負った娘と言葉を交わしていた。ねんねこ半纏に包まれた赤ん坊は、小さな風車を手にしていた。ご隠居が口で風を送ると、風車が回り、赤ん坊がきゃっきゃと嬉しそうに笑っていた。

路地の奥から娘を呼ぶ声が聞こえ、女が出て来た。すると、ご隠居は女には会おうとせず、向きを変え回向院の方角に歩き出した。その時、ご隠居が龍之介のいる方向に顔を向けたので、慌てて龍之介は祠の後ろに隠れた。

あの時に出て来た娘の母親らしい女が、もしかして梓ではなかろうか。

久兵衛は振り返った。久兵衛は路地の奥に建つ二階建の長屋を見た。

「相良様、あの奥の長屋ですよ。梓様が親子四人で住んでいるところは」

「さようか」

久兵衛はすたすたと路地の奥へ歩いて行った。久兵衛は長屋の庭の物干し竿から洗濯物を取り込んでいた女に声をかけた。

女は大声でさらに奥へ向かって「梓姐さん」と呼んだ。

女の声の返事があり、やがて奥から赤い浴衣《ゆかた》姿の女が現われた。浴衣の裾の下から赤い襦袢がのぞいていた。頭を洗っていたのか、長い黒髪を背に垂らしている。

「なあに？」

女は濡れた髪を手拭いで拭いている。

「お客さんだよ」

やはり先日の母親だった。

久兵衛が腰を低めて、挨拶した。

「梓様ですね」

「あんたたちは？」

梓は髪をごしごしと拭きながら、胡散臭《うさんくさ》そうに久兵衛と龍之介を交互に見た。

久兵衛と龍之介は名乗った。久兵衛が尋ねた。

「もしかして、ご隠居のお嶺様が梓様を訪ねて来ませんでしたか」

「ああ、来ましたよ。気が触れたような妙な格好をしていたので、初めは誰か分からなかったけどね」

口振りはやや乱暴だったが、それはやっちゃ場の男たちの中で自然に鍛えられたのだろう。

櫛で髪を梳く女の顔は丸くて愛敬があった。小さな鼻がつんと立ち、どんぐり眼がくりっとしている。顔の肌は艶々《つやつや》していた。浴衣の袖から見え隠れする腕は女にしては太く、しっかりと筋肉を蓄えており、色気があった。

「今日ですかな？」

「いんや、最初は半月ぐらい前だったかな。それ以来、何度も来ているよ」

龍之介は、やはりあの時の母親だと思った。祠の陰に隠れた時、この女の威勢のいい声を聞いた。

「初めはさあ、物貰いの婆ぁかと思って、何か恵んで追い返しそうになったけど。よく見ると、お世話になったお嶺様じゃないか。驚いたよ。でも、やだねえ、時が経ってぇのはさ。大奥にいた時は、そっくり返って威張っていたけど、ここに来た時はすっかり落ちぶれて、ただの老いぼれ。それも耄碌《もうろく》してさ、見る影もなかった。栄枯《えいこ》盛衰《せいすい》っていうか、妙に人生の悲哀を感じさせられたよ」

長い髪をたくし上げ、器用に頭に巻き上げた。

「なにかい、本日もご隠居様はこのあたりをうろついているんかい」

「よくうろついているんですか？」

「そうね。時々、うろうろしているよ。惚けて徘徊しているんかも知れないが、うちの娘を見ると話しかけてきて、おっかさんは元気かなんて訊くんだから、正気な時もあるんだろうねえ」

「……………」

龍之介は久兵衛に代わって尋ねた。

「ご隠居から何か尋ねられませんでしたか」

「そうね。宿下がりしたあと、どうしていたとか。話すと涙をこぼして悪かった悪かったって謝るけど、もうよしなさいって。あたしの運が悪いんでさ、ご隠居様が悪いわけじゃない」

「……………」

「一度なんぞ、百両もの大金を持って来てさ、お詫びに納めてくれっていってきた。亭主もあたしもとんでもない、こんな詫び料なんか頂けないと突き返した。こんなことをするなら、二度と顔を見せるなってね。あたしら、そんな金なくても、いま幸せに暮らしていける、元気に働くのがいちばんって追い返した」

「ご隠居は、どうされましたか？」

「うっすらと目に涙を浮かべて逃げるように帰って行ったよ。ちょっと気の毒に思ったけど、ま、仕方ないよね」

「おっかさん、なんかない？」

後ろから赤ん坊を抱っこした娘が姿を見せた。母親の梓は振り返り、優しい目で娘にいった。

「なんだい、お客さんと話をしているのに、うるさいねえ。戸棚に甘いもんがあるよ。それでも食べてな」

龍之介は久兵衛と顔を見合わせた。

「梓殿、いろいろ話を聞かせてくれて、ありがとうございました」

「あいよ。もし話があるなら、またおいで。朝は忙しいからだめだけど、仕事が終わった昼すぎなら、いつでも暇だから。ご隠居様によろしくね」

梓は元気な声でいった。

龍之介と久兵衛は、逃げるようにその場を退散した。

三

龍之介は歩きながら、肩を並べて歩く久兵衛にいった。

「やはり、ご隠居は宿下がりを命じた御女中たちを訪ねて徘徊しているようだな。ただの徘徊ではない」

「さようですな。それにしても、お嶺様が良かれと思って命じた宿下がりが、その後の人生に大きな影を落とす。それも悲喜こもごもの人生がある。本当に人生いろいろですな」

久兵衛は顎鬚を撫で回した。龍之介も同感だった。

「佐奈江殿やいまの梓殿の話を聞くとほっとしますが、お厘殿の人生は心が痛む」

龍之介はふと歩みを止めた。

行く手の回向院の方角から、大勢の人の騒《ざわ》めきが聞こえた。

「何事？」

斬り合いだあ、いや仇討ちだあ、と叫ぶ声が聞こえて来る。

「もしや、ご隠居が巻き込まれているのでは」

龍之介はふと胸騒ぎがした。

「行きましょう」

久兵衛も小走りになった。龍之介は腰の脇差しを押さえ、大股で駆け出した。

「先に行ってくだされい」

龍之介は久兵衛の叫び声を背に、回向院に向かって猛然と走り出した。通行人たちをつぎつぎと追い越して行く。

騒ぎは、どうやら回向院の境内から聞こえてくる。回向院の境内を囲む生け垣越しに、野次馬たちの姿が見えた。大勢が取り囲む人垣の間から、ちらりと茶渋色の御高祖頭巾が見えた。

五月の御高祖頭巾だ。

龍之介は生け垣を飛び越え、境内に走り込んだ。

「てやんでい、男が大勢で、か弱い女子を斬ろうってえのは卑怯だろう」

「そうだそうだ、やめろやめろ」

野次馬たちは、やんやと大騒ぎをしている。

龍之介は呼吸を整えながら、人垣の中を一瞥し、さっと状況を把握した。

御高祖頭巾の五月が懐剣の抜き身を構え、背にご隠居を庇《かば》っている。ご隠居は怪我をしているのか、地べたに蹲《うずくま》っていた。

ドスや脇差しを抜いた男たちが、二人を三方から取り囲んでいた。殺気を帯びた男たちは、町奴風の無頼《ぶらい》たちだ。少し離れた後ろで、浪人者らしい侍が一人、懐手《ふところで》をし、顔に嘲笑いを浮かべて見ていた。

五月とご隠居二人の背後は寺院の白壁。二人は逃げ場を失っていた。五月は懐剣の刃を胸の前にきちんと構え、男たちが斬りかかって来るのに備えていた。

「おまえたち、かかって来るなら来なさい。容赦しないから、覚悟しなさい」

五月は凜とした声でいった。野次馬たちは無責任にやんやの喝采《かっさい》を浴びせた。

「姉ちゃん、かっこいい」

「さあ、どうするどうする、野郎ども」

町奴たちも、どうしたらいいのか分からず、二人の前をうろうろしていた。

「どけどけ、どけ」

龍之介は大声で叫びながら、町奴たちの前に出て、両手を広げた。町奴たちは、突然の龍之介の登場に戸惑った。

「おぬしたち、ドスや脇差しを引け。たった二人の女を相手に喧嘩を売るとは、情けなかろう」

「なんでえ、さんぴんの青二才、邪魔しねえで引っ込んでいな」

「怪我するぜ」

町奴たちは龍之介を嘲笑った。龍之介は、目の端で楠の枝の下に佇む浪人者が懐手を解《ほど》くのを見た。

「相良様」

五月のほっとした安堵の声が聞こえた。

「ここは拙者にお任せください」

龍之介は背後に五月とご隠居が寄る気配を感じた。

「なんでぇ、てめえ、この女の連れか。おもしれえ。上等じゃねえか」

「三人畳んでやっちまえ」

町奴の気勢が一気に上がった。

「三人じゃない。四人だ。わたしも加勢いたす」

野次馬たちを掻き分け、扇屋久兵衛が現われた。久兵衛の手には、どこで手に入れたのか、心張り棒が握られていた。

「あっしも、お手伝いいたします」

野次馬たちを掻き分け、番頭の与吉が現われ、町奴たちの後ろに立った。手に鳶口《とびぐち》が握られていた。

久兵衛と与吉の新たな登場に、町奴たちはすっかり度胆《どぎも》を抜かれ、少々慌てた様子だった。

町奴たちは、八人。町奴の一人は、見覚えのある苦み走った顔の男だ。今日の朝に、龍之介を尾けて来た男たちの一人だ。男はすでに腰の脇差しの抜き身を構えていた。

龍之介は、微笑みながら苦み走った顔を指差した。

「おぬし、なぜ、それがしを尾け回す？　斬られる前に、わけをいえ。いわねば、真っ先に斬る」

「………」

男は後退《あとずさ》りし、楠の下にいる浪人者にいった。

「先生、なんとかしてください」

「しょうがないのう」

浪人者はどっしりとした態度で、町奴たちの背後から前に出た。すでに懐から両手を出し、そっと大刀に添えていた。肩に殺気を帯びている。出来る、と龍之介は思った。それもかなりの腕前だ。

浪人者は低くて凄味《すごみ》のある声でいった。

「おい、若いの、調子に乗るなよ」

浪人者の月代には、うっすらと毛が生えていた。頬や口元、顎にも不精鬚が生えていた。

「これはこれは、赤原殿之介《あかはらでんのすけ》様、お久しぶりでございますな」

久兵衛が心張り棒を背に回し、一歩進み出て、浪人者に声をかけた。

赤原殿之介と呼ばれた浪人者は、やれやれと顔をしかめた。

「扇屋、邪魔するな。これは俺の仕事だ。そこを退け」

「そうはいきません。赤原様のような腕が立つ御方に、せっかく見付けた新人を、ここで立ち合わせるわけにはいきません」

「なに新人？　こいつは、おぬしのところの用心棒の新参者か？」

「さようで」

龍之介は、これは、どうなっているのか、と戸惑った。

「そうかそうか。おぬし、新参者か」

赤原はにんまりと笑った。

「名前は？」

「相良龍之介と申す」

龍之介は胸を張った。赤原は腰の大刀をさらりと抜いた。肩の殺気が増えた。

「ならば、相良とやらの腕を、ちと見せてもらおうか」

「お望みならば」

龍之介は腰の脇差しの鯉口を切った。

久兵衛がさっと龍之介の前に出た。

「赤原様、お断わりします。どうしても、とおっしゃるなら、私がお相手いたします」

久兵衛は心張り棒を右下段に構えた。

龍之介は驚いた。久兵衛の構えには、まるで隙がない。これまた、結構な腕前と見た。

赤原はにやりと笑った。

「やめておこう。おぬしを斬ったら、仕事が貰えなくなるからな。新参者の腕前を試すのは、あとの楽しみとしておく」

赤原は抜き身をさらりと鞘《さや》に納めた。それを見て、龍之介も鯉口を元に戻した。赤原の肩の殺気は消えていた。

赤原はくるりと踵を返した。

「行くぞ。やりたいやつは残って勝手にやれ」

「先生……そんなご無体《むたい》な」

町奴たちは戦意を失い、赤原と一緒に引き上げて行く。

「なんでえなんでえ、せっかくおもしれえところになったのによ。もう喧嘩は終わりかよ」

野次馬たちは町奴らに罵声《ばせい》を浴びせた。怒った町奴たちは、野次馬を追いかけ、憂さを晴らしながら、浪人者のあとに付いていく。

久兵衛が頬髯を撫で付けながら、龍之介に小声でいった。

「相良様、用心棒心得《こころえ》一、いかなる場合でも人を殺《あや》めてはなりませぬ」

「いかなる場合でもでござるか？」

「さよう。用心棒は人殺しではござらぬ。使う剣は活人剣《かつじんけん》たるべし。よろしいですか」

「はい」

龍之介は扇屋久兵衛の気迫に押されてうなずいた。

「相良様、ありがとうございました」

五月は懐剣を胸元の帯に戻し、ふかぶかと頭を下げた。

「いえ。これは、それがしの仕事……」

ご隠居が足元で喚《わめ》いた。

「なあに、相良が来なくても、わらわは杖であやつらを叩き伏せておったがのう」

しゃがみ込んだままのご隠居は、足首をさすりながら嘯《うそぶ》いた。傍《かたわ》らに堅い樫《かし》の杖が転がっていた。

「ご隠居様、足を挫《くじ》かれましたかな」

「ちょっと捻《ひね》ったらしいのう。だが、大丈夫だ。なんのこれしきの……」

ご隠居は立ち上がろうとして、顔をしかめた。これでは、歩いて帰れそうにない、と龍之介は思った。

龍之介は、ご隠居に背を向けてしゃがみ込んだ。

「ご隠居、どうぞ背に」

ご隠居は一瞬、躊躇《ちゅうちょ》した様子だった。

五月は笑顔でいった。

「ご隠居様、こういう時は素直になられ、若い者に従うものですよ」

ご隠居はうなずいた。

「そうか。相良、済まぬな」

「これも用心棒の務めでござる」

ご隠居は龍之介の背中に恐る恐る乗った。龍之介はご隠居の尻に手を回して背負った。思った以上に重みがあった。会津の祖母のように骨と皮ばかりかと思っていたが、とんでもない、ご隠居はしっかりした体幹をしている。やはり日頃から薙刀で鍛練していたからだろう。尻には丸みもあるし、肉付きもいい。ご高齢ではあるが、まだ女の体付きをしていると背で感じた。

「ご隠居さまあ」

美帆と光の二人が大川端の方から駆けて来るのが見えた。

「では、ご隠居様、お大事に。私たちはここで失礼します」

久兵衛と番頭の与吉が頭を下げた。

「扇屋、ご苦労であった。礼をいう」

背中のご隠居がかぼそい声でいった。

久兵衛は龍之介に会釈した。

「相良様、またのちほどご連絡します」

「はい。お疲れ様でした」

龍之介は会釈を返した。気付くと、いつの間にか、御高祖頭巾の五月の姿は消えていた。

龍之介はご隠居を背負ったまま、回向院の生け垣の出入口から道に出た。

光がほっとした顔でご隠居の背に手を添えた。

「よかった。ご隠居様、ご無事で」

美帆も嬉しそうに笑った。

「こちらで喧嘩があったというので、もしやと心配していました。駆け付けたら、やはり相良様や扇屋様がご隠居様とご一緒にいた。ほんとに心配しましたよ」

「………」

返事がなかった。

龍之介の背に顔を付けたご隠居は、軽く寝息を立てていた。

「まあ、幼子みたい」

美帆は笑いながら、龍之介や光と顔を見合わせた。

四

ぽかぽか陽気が続いた。

ご隠居の右足首の捻挫は軽いものだった。だが、ご隠居は大事を取り、数日、外にも出ず、大人しくしていた。

龍之介は、毎日、雑木林の空き地に出て、千本の素振りをし、組太刀の形《かた》のひとり稽古を行なった。少しでも体を鈍《なま》らせないためだ。

まもなく二回目の十日が終わる。扇屋久兵衛が、本日、明日以降についての話し合いに、やって来る予定だった。

木漏《こも》れ日が樹間から差し込んでいる。ヒヨドリが鋭い声を上げて飛び回っていた。

龍之介は、木と木の間に渡した丸太に向かい、裂帛《れっぱく》の気合いにのせて木刀を振り下ろした。丸太はめりっと音を立ててへし折れ、地面にふたつの木切れとなって転がった。

龍之介は木刀を右下段に下ろして残心した。

ふーっと息を吐いた。

「五月殿も、いかがですか。打ち込むと、気分が爽快になりますよ」

龍之介は太い檜《ひのき》の幹の陰に隠れている五月に声をかけた。御高祖頭巾を被った五月が、静かに幹の陰から姿を現わした。

「いつから、私がいるとお気付きになられましたの?」

「そこに御出でになられた時から」

龍之介は木刀を脇に携えた。

「まあ、それなのに黙っていらしたのですか」

「五月殿が黙っておられたので何かわけがあるのだろうと、それがしも黙って素振りを続けていました」

「まあ……」

五月は驚いた顔になった。龍之介は笑った。

「嘘でござる。本当は、さっき気付いたばかり」

「……おもしろい方」

五月は白い指の手で口元を隠して笑った。

「ところで何かご用ですか」

「はい。相良様のお力をお借りしたいと思って」

「なんでしょう。それがし、いまご隠居の用心棒を務めています。それに差し障りがなければ」

「もちろん、ご隠居様のことです」

五月は周囲の雑木林を見回した。龍之介も念のために、あたりを窺った。人の潜んでいる気配はない。

「相良様は、もうお分かりになったと思いますが、ご隠居様は、耄碌なさってはおりません。そう装ってはおられますが、本当は正気です」

龍之介も内心、ご隠居は正気だと思っていた。

「どうして、惚けを装っているのです?」

「私がご隠居様から何を下命されたかについては、扇屋久兵衛様がお話ししてくださったはずですが」

「はい。伺いました。詳しく」

「ならば、話は早い。敵はご隠居様を警戒しています。ご隠居様が陰謀の企ての証拠や証人を集め、御上に訴えるのではないか、と。ご隠居様は、惚けた振りをして、敵の警戒心を緩めさせ、ことを運ぼうとしているのです」

やはり、そうかと龍之介は思った。五月はやや眉をひそめた。

「でも、時々、ご隠居様は本当に惚けたのではないかと疑うことも……物忘れが多くなったし、我儘になられたし……」

「五月殿も、そうですか。それがしも、時々、そう思います。正気なのか、御戯《おたわむ》れになっておられるのか、判別できないこともある」

龍之介は正直にいった。特に朝の挨拶の儀式は、そうだ。

五月はふっと和《なご》んだ表情になって笑った。

「よかった。私だけかと思っていました」

龍之介は近くの櫟の枝にかけておいた羽織を取って着込んだ。すっかり汗が引き、少し体が冷えてきた。

「それで、相談とは、なんですか？」

「ご隠居様は、私たちに証拠や証人を集めるようにご下命なさりますが、私たちには、もうその力は残っていません」

龍之介は檜《ひのき》に立て掛けておいた脇差しを取り上げ、腰に差した。

「私たちと申されるのは？」

「嗅ぎ足です」

五月は小声でいった。

「……嗅ぎ足は、どういう組織なのです？」

「上老女だったお嶺様が、大奥の御女中や宿下がりした女たちを密かに集めて作った女だけの隠密組織なのです」

「………」

「そもそもは、大奥に上がる娘の身元や素性を事前に調べるために、内々に作られたものです。男の方々は、娘が見た目に美しく、性格もいいと思うと、すぐに大奥に上げようと推薦しますが、女の立場から見ると、大奥に相応《ふさわ》しくない女もかなりいます」

「………」

「なかには、初めから、藩有力者の息がかかっていて、御上に取り入ろうという野心を持った女もいます。あるいは敵の放った女隠密もいますし、公儀隠密もいるでしょう。そうした不審な人物を予《あらかじ》め調べて取り除く、採用しないようにする役目です」

「……ふうむ」

「ご家老など藩執政も知らない、大奥内に作られた極秘の隠密組織が嗅ぎ足なのです。その嗅ぎ足も、年月が経つとともに次第に引退する者が増え、いまでは十指《じゆつし》にも満たぬ少数になってしまったのです」

「……美帆殿も嗅ぎ足ですか」

「…………」

五月は小さくうなずいた。

「私と美帆の二人以外に指図する者はおらず、私たちの手の者は数人ずつしか残っていないのです。新しい嗅ぎ足のなり手もいない」

「光殿は？」

「嗅ぎ足ではありません。嗅ぎ足になるには、いろいろな試問があり、それらをすべて通らなければなりません」

五月は真顔でいった。

「そうか。誰でも嗅ぎ足になれるものではないのだな」

「信用できるかできないかが主ではありますが」

「その嗅ぎ足に力がなくなり、何が困ったというのですか？」

「私たち嗅ぎ足が陰謀を暴く証拠を手に入れ、証人の身柄を確保しても、それらを守り、御上に送り届ける力がないのです」

「……ううむ」

「敵は私たちが御上に訴え出るのを妨《さまた》げようと、必ず襲って来るに違いありません」

「敵と申すのは？」

「家老の原野大膳《だいぜん》とその一味です」

「…………」

龍之介は秋田藩の内情に疎い。さらに、他藩の内紛に口を挟むのは気が進まなかった。己れの藩の悪事でさえ、暴けないのに。

「それがし、ご隠居をお守りする、ただの用心棒でござる。何も内情を知らないそれがしに、力を貸せといわれても……。いや内情を知っていてもでござるが」

五月は御高祖頭巾を左右に振った。

「相良様のお力をお借りするといっても、一緒に上屋敷に乗り込んで、陰謀を暴くとか、家老原野大膳を糾弾《きゆうだん》する、ということをお願いするつもりはありません」

「…………」

「私の文を読んだ佐奈江は、自分よりも美紀に会った方がいい、といっていたそうですね。久兵衛様からお聞きしました」

「うむ。そうでした」

久兵衛によると、美紀はお嶺様が不義密通の名目で宿下がりさせた元御女中だ。美紀には許婚がおり、御上の手がつくのを嫌がり、お嶺様に宿下がりを願い出た。

美紀は宿下がりしたあと、実家の呉服屋に戻るが、許婚の米屋が倒産し、許婚との話も破談となった。その後、美紀の呉服屋も不景気で債務が溜り、借金が返せなくなり、倒産した。美紀は新しく恋仲になった町奴里吉《さときち》と家出した。

そして、里吉は美紀を芸者置き屋に送り込んだ。美紀は料亭の座敷に出ていたが、そのうち商家の大尽に見初められて、その妾になって囲われていた。だが、その大尽が中気《ちゆうき》にかかり、呆気なく死んでしまった。そのため、美紀はまた芸者に戻ったが、芸者だけでは食べていけずに、枕芸者になって春を売っていた。

久兵衛が長屋を訪ねた時には、なぜか、美紀はどこかに身を隠し、行方知れずになっていた。

五月が声をひそめていった。

「その後、私の手の者が、いろいろなところに手を回して、美紀の行方を追ったのです。そこで、ようやく元の男里吉のところに身をひそめていた美紀を見付けたのです」

「………………」

「私は密かに美紀と会い、事情を聞きました」

美紀は宿下がりしたあとも、同じ御下方だったお厘と、時々、会って互いの不遇を慰め合っていた。美紀も家老たちの話す、陰謀の企てを聞いていた。

二人は、いよいよ食えなくなったら、その話をネタに家老原野大膳を強請《ゆす》って、大金をせしめようと相談していた。

そうこうしているうちに、お厘がコロリで急死した。だが、その死に方はコロリに似てはいるが、もしかして、トリカブトによる毒殺ではないか、と美紀は直感した。そこで、美紀は自分の身も危ないと感じ、元連れ合いだった里吉の長屋に身を隠していた。

「美紀殿も陰謀話を聞いたのですか。それは、大事な証人ですな」

「美紀によると、家老は密かに郷里よりトリカブトの塊根《かいこん》を取り寄せて、屋敷の庭の隅で観賞用として栽培しているという話をしていたそうなのです」

トリカブトは会津の山でも自生していたので、龍之介も見たことがあった。

トリカブトは猛毒で恐れられている。春の芽吹きのころは、葉がニリンソウやヨモギ、ゲンノショウコなどと似ているので間違って採取され、毒にあたる人もいる。

トリカブトは多年草で、毎年夏から秋にかけて、青紫色の美しい花を咲かせる。その花の格好が、烏帽子《えぼし》に似ていることから、トリカブトの名前が付いた。花、葉、茎、根、花粉いずれも毒性があり、素手《すで》で触っただけでも、中毒する場合がある。

とりわけ塊根は、致死性の高い猛毒として知られている。毒はほんの微量でも効果がある。即効性で、摂取すると直ぐに嘔吐《おうと》、呼吸困難、痙攣《けいれん》などが始まり、心の臓が停止して死に至る、といわれている。

龍之介は、話を聞きながら、ふと美帆が深夜、手の者に囁いていた言葉を思い出した。

「……に伝えて。かぎはしを……もぐらせ、はなを探せ……。時間がない……急いで」

あの「はな」とは、トリカブトのことではなかったのか？

しかし、いまは春、トリカブトの開花の季節ではない。どういうことなのだ？

五月の話は続いていた。

「家老はトリカブトの根を使おう、と話していたそうなのです。その時が来たら、すぐに塊根を掘り出せると」

「五月殿、その家老が話していた相手とは誰なのです？」

「中老の虎石主水《とらいしもんど》。原野大膳一派の大番頭と目されている男です」

秋田藩内の派閥は知らない。まして内部抗争など、聞いても仕方がない。龍之介は聞き流すことにした。

「……で、困っているのは、いまの私たちには、原野大膳たちから美紀を守る力はない。それでお願いなのは、相良様のお力で、なんとか美紀をお守り願いたいのです」

龍之介は頭を振った。

「……それは無理というもの。それがし、ご隠居をお守りする用心棒でござる。ほかの仕事を引き受けることはできません」

「と申しますのは、美帆と相談したのです。そこで妙案が浮かんだのです。ご家老たちの虚《きょ》を衝き、美紀をご隠居様の宅に隠したらどうか。美紀とご隠居が一緒であれば、相良様に護衛していただけましょう」

五月はにこっと笑った。

たしかに妙案といえば妙案だがと、龍之介は苦笑した。

美帆も五月も、こちらの事情をまったく考慮せず、勝手なことをいっている。それだけ、五月たちは窮地に陥っているのだろうが。

龍之介は、気になったことがあった。

「ところで、五月殿も美帆殿も、同じ嗅ぎ足の仲間なのでしょう？　なのに、どうして二人は人前で顔を合わせず、互いに避けているのですか？」

「私たちが人前で接触しないのは、仲間だと敵に知られぬようにするため。特に身近な間者《かんじゃ》の目を警戒しています」

五月は樹間に見え隠れしている仕舞屋に目を走らせた。

「身近に間者がいるのですか？」

「おそらく」

身近な者といえば、お付きの御女中光や下男下女の老夫婦しかいない。

「まさか、光殿が」

五月はうなずいた。

「まだ尻尾は摑んでいませんが、その恐れが大なのです」

「……何かあったのですね」

「美帆の手の者が、夜、仕舞屋の外で、光が何者かと話をしていたのを見たのです。

人影は侍ではなく、町人風だったそうですが、何者かは分からなかった」

「それだけではな」

「原野大膳の屋敷に潜っていた美帆の手の者が一人行方知れずになり、数日後、大川に浮かんでいたのです。手の者は行方知れずになる前、物置小屋の裏で、美帆からある指示を受けた者でした。誰かが、その様子を見ており、手の者を尾行し、捕まえたのではないか、と」

「…………」

「浮かんだ死体には、拷問された跡が無数にありました。ですが、手の者は自分の舌を噛み切って、絶命しており、一言も話さなかったでしょう。無念だったろうと思います。それが、私どもの掟《おきて》です」

「さようか」

龍之介は苛酷な嗅ぎ足の掟を思った。

仕舞屋のご隠居の周辺で、決して表には出ない陰の闘いが行なわれているのだな、と龍之介は背筋に戦慄《せんりつ》が走るのを覚えた。

「おぬしと美帆殿は、どういう役割分担をしておるのです？」

「美帆は、ご隠居の傍らにいてお世話しながら、手の者に原野大膳一派を監視させる役目を、私は、外でいろいろ探索する役目です」

「先ほど、美帆殿は家老の屋敷に手の者を送り込んでいると聞いたが……」

「はい。相良様だから申し上げましょう。美帆は手の者を家老宅に潜らせ、庭にあるトリカブトの塊根を盗み出そうとしています。毒さえなければ、企てを阻止できる。だが、花が咲いていない季節なので、なかなか、植えた場所が分からず苦労しているようです」

龍之介は合点《がてん》がいった。やはり、美帆がいっていたハナは、トリカブトのことを指していたのだ。

五月が龍之介に囁いた。

「まもなく、御上の御子の誕生日が来ます。誕生のお祝いが、続々と大奥の御子のところに届けられているとのこと。一方、原野大膳一派が怪しい動きをしています。おそらく、近々、陰謀の企てが決行されるのではないか、と恐れています」

「……どうするおつもりです？」

「原野大膳一派がことを決行する前に、ご隠居様が美紀を連れ、上屋敷に駆け付けて、畏れながらと御上に訴えるおつもりなのです」

当然、原野大膳一派は実力をもって阻止しようとするに違いない。

「ご隠居様は、相良様と真田《さなだ》殿がいれば、おいそれと家老一派も手が出まいとの御決断をなさっています」

龍之介は愕然《がくぜん》とした。ことは知らぬ間に、そこまで進んでいるのか。

「ご隠居は、美紀殿を匿うことを、すでにお決めになっておられるのですか？」

「はい」

「それで真田と申すのは何者です？」

真田は初めて耳にする名だった。

「ご隠居様が宿下がりさせた楓《かえで》の方の御夫君です」

龍之介は目をしばたたいた。

「詳しいことは、扇屋久兵衛様がご説明なさるでしょう。楓様と、志乃様についてお調べしたことを、報告してありますので」

仕舞屋の方に何か人の動きがあった。

誰かが訪れた様子だった。

「五月殿……」

龍之介は振り返った。五月は姿を消していた。かすかに五月の残り香が漂っていた。

龍之介は折れた丸太を集め、木刀とともに肩に担いだ。妙なことになってきたなと思った。

## 五

仕舞屋を訪ねて来たのは、扇屋久兵衛だった。久兵衛はすでに座敷に上がり込み、美帆と朗《ほが》らかに話していた。光も美帆の傍らに座り、笑顔で応対している。

「相良様、明日で十日間が終わるので、また十日延長するために上がりました」

「さようですか。それがしの意向も聞かずに……」

龍之介は額の汗を拭いながら、せめてもの嫌味をぶつけた。

「はっ？　何かいいましたか？」

「いや、何も」

「いい話です。延長するにあたり、十日分の日当を前払いしていただきました。ご隠居様は相良様のお勤めを高く評価なさり、なんと日当を何倍も上げるようにと、美帆様に指示なさったそうです」

「そうですか」

「十日お勤めになれば、今度は三両頂けることになりました。そうですね、美帆様」

「はい。その通りです」

美帆は屈託なく笑った。久兵衛はさらに嬉しそうにいった。

「今後のお働きの具合によっては、臨時のお手当ても出していただけると」

「それは、そうでしょうな」

龍之介は座敷にどっかりと座った。

久兵衛は、これからご隠居が何をするのか知らないでいる。やがて、美紀も乗り込んで来て、用心棒の龍之介はご隠居のみならず、美紀の護衛もしなければならない立場になる。

十日で三両どころか、三十両、いや五十両、百両貰っても割が合わないことになるかも知れないのだ。

「お水、お持ちしましょうね」

光が気を利かして、台所に立ち、湯呑み茶碗と薬缶《やかん》の水を持って戻って来た。

「光殿、かたじけない」

龍之介は湯呑み茶碗に注がれた水をごくごくと喉を鳴らして飲んだ。

美帆が笑顔でいった。

「相良様、扇屋様とは、すでにお話ししてあるのですが、折り入ってお願いがあります」

「なんでござろうか？」

「今夕からお客様がお越しになります。ご隠居様のお知り合いのお若い女の方です」

そう来たか、と龍之介は思った。すでに久兵衛は了解済みのことなのだろう。

「お悩みを抱えておられます。こちらに滞在なさる間、ご隠居様同様にお守りくださいますよう、お願いいたします」

美帆は笑顔で頭を下げた。

「光、あなたからもお願いして」

「相良様、お客様のことも、よろしくお願いします」

久兵衛は、龍之介が答える前に返事をした。

「分かりました。大丈夫。お引き受けしましょう。な、相良様、いいですな」

「……うむ」

龍之介は、久兵衛が承知したのだから、仕方あるまい、とうなずいた。

「ところで、久兵衛殿、それがしも、ちと相談があります」

「分かってますよ、相良様、日当の取り分のことでしょう。それでは、ちょっと外へ出て、お話ししましょう。ここではなんですから」

「そ、そういうことではなく……」

　久兵衛は龍之介を無視して、立ち上がり、玄関先に急いだ。美帆と光は、仲良く笑い、龍之介と久兵衛を見送った。

　外へ出ると、太陽はだいぶ西に傾き、木々や家の影が地面に長く伸びていた。雑木林に雀の群れが集まり、喧しく騒いでいる。

　久兵衛は南の方角に歩き出した。龍之介は久兵衛と肩を並べて歩いた。

「久兵衛殿、それがし、日当のことでは……」

「相良様がおっしゃろうとしていることは存じてます。美紀様のことでしょう?」

「やはり、ご存じでしたか」

「もちろん、私と五月様で相談したことですから」

「なんだ、そういうことだったのか」

「相良様、風雲急を告げています」

「先ほど五月殿からおおよそのことは聞きました」

「美紀様について、お話しします。五月様が面会したころは、美紀様は怯《おび》えて証言するのを拒んでいました。ところが、美紀様を匿っていた里吉という男が、一昨日、あの赤原殿之介たちに襲われ、連れ去られたのです。美紀様がちょっと買物で留守にしている間のことです」

赤原殿之介の風体を思い浮かべた。月代の毛がうっすらと伸び、頰や口元、顎に不精髭を生やした浪人者だ。

「それで、今朝、大川に里吉の死体が上《あ》がりました。ひどく痛め付けられた亡骸《なきがら》だった」

「……ううむ」

「役人に呼ばれて、死体の痛々しい姿を見た美紀様は、五月様に訴えました。里吉の仇《かたき》を討ちたいと。里吉は逃げ込んだ自分を、何もわけを訊かずに匿ってくれた。そんな里吉をこんな目に遭わせた原野大膳一味は許せない、と。それで、ご隠居様と一緒に藩邸に行き、御上に原野大膳一味の陰謀について訴えると決心したのです」

「なるほど、分かりました。それがし、ご隠居に加勢し、美紀殿を守りながら秋田藩邸に打ち込むのですね。おもしろい、やりましょう」

「ちょっとお待ちください。相良様」

久兵衛は急に足を止め、龍之介に向き直った。久兵衛の髯面に、いつになく真剣な目が光っていた。

「それはだめです」

龍之介は久兵衛の剣幕《けんまく》に驚いた。

「これは、用心棒の心得二ですが、用心棒は傭兵《ようへい》にあらず。これもしっかりと胸に納めておいてください」

「………」

「いかなる理由があっても、用心棒は護衛する人の手兵《しゆへい》、傭兵になってはなりませぬ。いいですか。どんな事情があっても、その人に加担して相手を攻撃してはなりません」

龍之介は面食らった。

「では、今度のことは、どうすればいいのですか」

「ご隠居様を護衛するのはいいが、加勢なさってはいけません。まして、藩邸上屋敷にご隠居様とともに打ち込むなんてことは、許されません。用心棒としては、分を守り、藩邸上屋敷までご隠居様を護衛して送り届けるまでの役目です。それ以後については、ご隠居様たちの仕事です。用心棒が関与なさってはだめです」

「………」

龍之介は当惑した。

久兵衛は髯面を歪めていった。

「これから起こることを考えて、予め相良様に申し上げておきます」

「なんでござろう?」

「用心棒心得三、守りに徹すべし、です」

「……?」

「いかなる場合でも、先に手を出してはいけません。常にお守りする」

「もし、このままだと相手に斬られると見越して、相手を斬るのは?」

「だめです。先の先になります」

「では、相手から斬られなければ、相手に斬り返してはならない?」

「そうです。後の先は、よしです。だが、分を越してはならない。攻撃された以上に反撃してはならない。過剰な反撃は、弱い者いじめです。強い者がやってはいけません」

「…………」龍之介は唸った。

久兵衛は髯面を崩してにっと笑った。

「ならぬことはならぬものです」

「では、どうしろと」

「いくら相手から攻撃を受けそうだと思っても、先に手を出しては負けです。我慢して身を守る。相手に手を出させないように、守りを強固に固め、相手が手を出すのを諦めるようにする」

難しい、と龍之介は思った。

「難しいでしょう。でも、多少、身を削られても、泰然自若《たいぜんじじゃく》としている方が勝ちです。周囲のみんなが尊敬します。ただ強いだけでは、周りはその人についていきません」

「………」

龍之介はふうっと息を吐いた。

「厳しいですな。美紀殿については、いかが対応したらいいのですか？」

「ご隠居様のお付きの者と思って、お守りください。仮に同情しても余計な口出しはしない。ご隠居様や誰かにいわれても、用心棒の分を守る。前にいった用心棒心得の一、今度の心得二と三、いずれも、しっかりと胸に納めておいてください。いいですね」

たしか用心棒心得一は、人を殺めてはならない、だった。加えて、心得二、三。

「……分かりました。胸に刻みつけておきます」

龍之介は心得を納めるつもりで、胸を撫で下ろした。

「ところで、五月殿から真田某が、ご隠居の護衛につくとお聞きしたが」

「それも説明しようと思っていました。番頭の与吉が調べました。やはり、不義密通を口実にして、宿下がりさせられた武家の楓様、それに同じく武家の志乃様についてお話ししましょう」

久兵衛はゆっくりと歩き出した。

「楓様は宿下がりし、めでたく許婚の真田貴祐《たかひろ》様と結ばれて、幸せに暮らしておられました。真田貴祐様は藩士で、家老原野大膳の家来を務めていた。だが、原野大膳の横暴と好色ぶりに嫌気が差し、藩の許可を得て下野《げや》し、剣術道場を開き、指南役をしていた。北辰一刀流皆伝《ほくしんいっとうりゅうかいでん》の腕前です」

「なるほど。剣の遣い手ですね」

「実は奥方になった楓様は、大奥では、側室お付きの御女中をお務めになっていた。ある時、側室紫《むらさき》の方《かた》から悩み事を相談された。原野大膳の企みを知らされ、どうしようか、という相談だった」

「その企みとは?」

「正室の御子四歳の鷹丸《たかまる》を毒殺し、側室の子、二歳の豊丸《とよ》を世継にしようという陰謀でした」

「それはひどい」

「原野大膳は側室といい仲になっていた。鷹丸亡き後には、御上も毒殺し、奥方様を隠居させ、側室の子豊丸を藩主にする。原野大膳自身は幼い豊丸の後見人になって、藩の実権を握ろうという企てだった」

「そんな大事を聞いた楓殿は、なぜ、御上や奥方様、あるいは上老女のお嶺様に打ち明けなかったのですかね？」

「そういう話を聞いたというだけでは、証拠もないので、上役を貶《おとし》める讒言とされるでしょう」

「なるほど。たしかに讒言とされかねないですね」

龍之介も一乗寺昌輔に証拠を出してみろ、と罵《ののし》られたのを思い出した。

「楓様は、さらに、もし、このことを洩らしたら、両親はもとより、許婚の真田貴祐様のお命はない、と脅されたのです。それで、ついつい黙らざるを得なくなった」

「ご両親は、どういう方だったのです？」

「父親の身分は中士で、小普請組の組頭。楓様を大奥に上げることで、ようやく組頭になれた。そんな父親を脅すのは、手もないことだった」

「誰に脅されたのですか？」

「中老の虎石主水。原野大膳の懐刀《ふところがたな》といわれる男で、藩の財政を一手に握っている要路です。陰で汚職に手を染めていて、原野大膳にその証拠を握られ、頭が上がらなかったそうです」

「どこの藩にも腐った要路がいるものですね」

龍之介は苦々しくいった。いってみれば会津藩も裏には、そういう闇がある。

「楓様は、大奥で一緒に過ごした美紀様が命を懸けて証言し、原野大膳を告発しようとしているのを知って、自分も藩のために証言しようと決心なさった。そこで、夫の真田貴祐様に相談し、美紀様と一緒に江戸上屋敷に訴え出ようとなった、これが顛末《てんまつ》です」

「なるほど。他藩の内紛とはいえ、他人事とは思えません。それがしも……」

「だめです。相良様が口出しするのは、無用のこと」

「しかし……」

「しかしも、へったくれもありません。さっき申し上げました。余計な手出しはしないことと。ついでに、用心棒の心得補則一を申し上げます」

久兵衛は顎髯を撫でた。

「なんでござるか？」

「用心棒として、見たこと、聞いたことは、一切他言無用。さらに、見ざる、聞かざる、言わざるの三猿《さんざる》をお守りください。それが、用心棒の掟でございます」

龍之介は腕組みをして歩んだ。

「最後に、同じくご隠居様から、かつて宿下がりさせられた武家の志乃様ですが」

「志乃殿は、どうなっていましたか？」

「この志乃様は、大奥では、一、二を誇る美貌の持ち主でしたが、とんでもない食わせ者でした」

「食わせ者？」

「志乃様は、実は家老原野大膳が妾に産ませた娘です。志乃様は大奥に上がると、さっそく御上を自慢の美貌で誑《たら》し込み、側女になろうとしました。だが、お嶺様が、大奥に上がる前の志乃様の男遊びを指摘して奥女中失格を言い渡し、文字通り、不義密通を口実にして宿下がりさせた、というのが真相です」

「へえ、そういう御女中もいたのか」

「志乃様は野望を挫折させられたため、御上やご隠居様を逆恨みしました。父原野大膳に、お嶺様を大奥から追い出せの、奥方様や側室の悪口をいいたい放題、自分を袖にした御上さえ扱《こ》き下ろしました。さすがに原野大膳も、志乃様の我儘勝手な振る舞いに困り果て、江戸から追い払い、在所に送り込みました」

「ご隠居も、志乃殿については、なんの後悔も心配もなさっておられぬということですな」

「そうです。私がご隠居様に志乃様の行状について報告したら、志乃らしい、と一言洩らし、笑っておられた」

一陣の風が吹き寄せた。龍之介ははっとして向かいの道を見上げた。駕籠舁《かごか》きの声が聞こえた。一挺《ちょう》の宝泉寺《ほうせんじ》駕籠が武家の小屋敷の脇の道をこちらに駆けて来る。

駕籠の脇を見覚えのある男が付き添って走っている。着物を尻端折りした与吉だった。

「ちょうど、よかった。番頭さんが来た」

「もしや、美紀殿を乗せた駕籠でござるか？」

「はい。番頭さんたちにお連れするようにいっておいたので」

久兵衛は満足気に腕組みをして、駕籠が駆けて来るのを眺めていた。

駕籠の背後を見たが、尾行している影はない。駕籠は、だんだんと近付いて来る。

久兵衛は番頭の与吉に手を上げた。与吉も手を上げて応えた。

## 六

龍之介は座敷に一人座り、沈思黙考《ちんしもっこう》していた。家の中は、新たな美紀の登場で、急に賑やかになった。どこからともなく、女の明るい声が響いてくる。

久兵衛は離れのご隠居に呼ばれたまま、座敷には戻って来ない。何を相談しているのか、と気にはなったが、久兵衛のいった用心棒心得を思い出し、用心棒は主家《しゅか》の話を聞いてはならない、と関心を持たぬように心を鎮めた。見ざる、聞かざる、言わざるである。

それにしても、美紀の登場は、家の中の雰囲気を一変させた。美紀は大奥で御下方に採用されただけあって美声の持ち主で、華やかだった。

着いたばかりの美紀は島田髷の結が解けて乱れ、顔はほとんど化粧気もなく、体からは汗の臭いや饐《す》えた体臭がした。着ている着物も、襟や袖口が薄汚れ、ところどころ糸が綻んでいたり、布がよれよれになっており、見るも無残な女乞食《おんなこじき》の風体だった。

美紀はご隠居の前に平伏し、長い間の無沙汰を詫びていた。ご隠居は、そんな美紀に躙《にじ》り寄り、手を取って体を起こして労わった。いつになく優しい声で、美紀の不遇を慰めていた。しばらくは、二人、手を握り合っておいおい泣いていた。

そんなご隠居を見て、龍之介はご隠居がまったく惚けていないと再度確信した。少し危惧するところがないではないが、この際、気にしないでおこうと思った。

しばらくすると、下男の源が風呂が沸いたと知らせて来た。ご隠居は美紀に、さぞ疲れただろうから、ゆっくり湯に浸かり、これまでの汗や汚れを流すように促した。美紀は、素直にうなずき、光に連れられ、消えた。

久兵衛はご隠居と何やら話をしていたあと、離れから戻って来たが、深刻な面持ちをし、上《うわ》の空だった。龍之介にも、軽く会釈しただけで、何もいわず、番頭の与吉を連れて帰って行った。

台所では、美帆と下女の茂が夕餉の支度を始めていた。竈の釜でご飯が炊き上がり、囲炉裏の鍋の味噌汁もいい薫りを立てている。俎《まないた》で大根を切る音が心地よく聞こえてくる。

龍之介は腕組みをし、座敷に座り、目を閉じて周囲の気配に耳を欹《そばだ》てていた。家の外には薄暮が広がりはじめた気配だった。鳥の声も少なくなっている。

ほどなくして、風呂場から明るい話し声が響いてきた。光に連れられた美紀が台所の板の間に現われた。洗い髪で髪は結っていなかったが、洗い立ての着物を着、胸高に帯を締めた姿は見違えるほど美しく、別人のように輝いていた。

龍之介は思わず腕組みを解き、美紀の着流しの立ち姿に見とれてしまった。薄化粧の瓜実顔は、いくぶんやつれてはいたが、大奥の御女中の気品を取り戻していた。美紀の立ち姿は、浮世絵の見返り美人そのままだった。

台所から戻って来た美帆は、一目美紀を見ると「まあ、しったげめんけーだごど」と思わず秋田弁でいい、うっとりと見とれていた。

美紀は恥ずかしそうに身を窄《すぼ》めていた。

光が座敷に置いてある鏡台の掛け布を引き上げた。

「ご覧になって」

「……ありがとうございます」

美紀は己れの立ち姿を鏡に映し、いろいろな角度から眺めていた。

美紀は、龍之介や美帆、光の驚く様に、自信を取り戻したらしい。立ち居振る舞いが、来たときとはまったく変わって淑《しと》やかになっていた。言葉遣いも女らしさを増している。

「さあ、ご隠居様にも、お見せして」

美帆と光は、二人で挟むように、美紀の腕を取り、離れへと姿を消した。すぐに離れから、ご隠居の驚く声が聞こえ、女たちの嬉しそうな話し声が響いてきた。

よかったと、龍之介も心が温かくなった。

あたりが暗くなりはじめたので立ち上がり、囲炉裏に新しい薪を焼《く》べた。さらに台所の板の間の蠟燭に灯を付けた。座敷や控えの間の行灯にも灯を入れた。

下男の源が雨戸を閉じる。それにともない、家の中がまた暗くなった。光が離れから戻り、今度は手燭《てしょく》を持って、再び離れに向かった。

夕餉は、板の間にご隠居をはじめ、全員が揃って摂《と》った。龍之介もご隠居の隣に席が用意されたが、女たちの会席に、武骨な男がいるのは不粋でござると遠慮し、座敷に膳を移した。

女たちの会話ははずみ、賑やかな笑い声が絶えなかった。龍之介は楽しむ女たちの輪から外れ、行灯の明かりの下で黄表紙《きびょうし》の冊子をめくり、読み耽《ふけ》っていた。

「お風呂、沸かし直したべ。入ってくんな」

源が座敷の戸をそっと開け、告げた。

龍之介はうなずき、身を起こした。女たちの宴《うたげ》を邪魔しないように台所に抜けた。

下駄を突っかけて、外の風呂小屋に向かった。

月明かりがあたりを浮かび上がらせていた。

外からも賑やかな女たちの声が聞こえた。

龍之介は裸になり、湯を浴びてから、ゆったりと五右衛門風呂《ごえもんぶろ》に身を沈めた。

不思議なことだが、ご隠居たち女の館に暮らすようになってから、ほぼ毎日のように風呂に入る習慣になった。いつも清潔にしている美帆たちの手前、龍之介自身も常に身綺麗にしていないと申し訳ない、という思いからである。

窓の格子の間から月明かりがほんのりと差し込んでくる。

こんなことは、田舎でも講武所通いをしている時もなかった。せいぜい、井戸端で水をかぶり、汗や汚れを洗い流すぐらいで、湯屋には、一月《ひとつき》に数えるくらいしか行かなかった。体が臭うはずだ。

「湯加減は、いかがですか？」

格子窓の下から、光の声が聞こえた。いつの間にか、女たちの賑やかな声は聞こえなくなっていた。宴は終わったらしい。

「いい湯加減です」

光が風呂の竈に薪を入れる音がした。

「もう、大丈夫です。かたじけない」

「……いいえ、私たちも入りますから」

そうか、光も美帆も、ご隠居もまだ風呂に入っていなかった。のんびり湯に浸かっていては、あとの人が閊《つか》える。

龍之介は湯殿から上がり、簀子《すのこ》の椅子に座った。手桶で湯を汲み出し、洗い桶に入れた。

「お背を流しましょうか」

光の声が聞こえ、着替え場に入って来る気配がした。

「いや、このくらいは自分で」

龍之介が応える間もなく、板戸がするりと引き開けられた。夜目にも、襷で袖を絞《しぼ》った光の姿が見える。龍之介は慌てて、前を手拭いで隠した。

「お背はご自分では無理ですよ。さ、遠慮なさらずに」

光は龍之介の背後に立ち、手桶の湯を龍之介の背に流した。光はしゃがみ込み、片手を龍之介の肩にかけ、糠袋《ぬかぶくろ》で背を優しく洗いはじめた。

「かたじけない」

「相良様は、お国に戻られると、お背を流してくれる方がいらっしゃるのでしょう?」

「いや、そんな……」

龍之介は、突然の問いにどぎまぎした。

「ばしこいで……」

光は呟き、くすくすと笑った。秋田弁は分からないが、なんとなく、嘘ついて、と聞こえた。

「このお仕事が終わったら、いかがなさるのです？」

「……まだ、何も」

龍之介は呟くように答えた。

まだ決めていない。しかし、出来れば……。

「このまま、ずっと続くと……」

「………」

光の手がふと止まった。

「相良様……」

「なんでござる？」

龍之介は振り向いた。光の顔が月明かりを浴びている。その顔が俯いていた。

「……なんでもございません」

「……うむ」

お別れが近い、と光はいっている。また光の手が動き、糠袋が龍之介を優しく撫でた。その手が、そっと龍之介の前に伸びようとした。龍之介は光の手を押さえた。

「ありがとう。あとはそれがし、自分で洗います」

「はい」

光は糠袋を龍之介の手に渡し、さっと立ち上がった。板戸を開け、風呂場から出て行った。

龍之介は、これが光との別れとなることを察して切なくなった。

用心棒は何事も我慢が大事。ご隠居が大川端でいっていたように、人生無常だ。

龍之介は思い直し、糠袋で体をごしごしと擦《こす》った。擦りながら、ふと小屋の外に、人の動き回る気配を感じた。

殺気！　龍之介は瞬間、手桶を取って立ち上がった。薄い板壁を貫き、鋭い槍の穂先がいままで座っていた椅子の上を突いた。

「おのれ、何者！」

龍之介は手桶で槍の穂先を叩き落とした。槍は引っ込んだ。すぐにまた板壁を突く音が起こり、槍の穂先が龍之介の胸の前を過《よぎ》った。咄嗟に槍を摑み、体重を乗せて下へ引き落とした。相手は思わぬ反撃に慌てて槍を引っこ抜いた。

龍之介は風呂小屋から飛び出し、着替え場に駆け込んだ。籠に脱いだ着物も脇差しもない。光が持ち去ったのか、と龍之介は臍《ほぞ》を噛んだ。

龍之介は風呂小屋に戻って湯掻き棒を握った。左手で手桶の柄を握る。龍之介は、風呂小屋の扉を開き、月明かりの中に全裸のまま飛び出した。

風呂小屋を囲むように五、六人の人影が立っていた。いずれの影も、白刃をきらめかせている。いずれも浪人者の風体をしている。

「さあ、かかって来い。お相手いたす」

瞬間、人影の一つが動き、龍之介に斬り込んで来た。龍之介は湯掻き棒で刀を受け流し、手桶を影の頭に叩き込んだ。影は痛撃《つうげき》に呻《うめ》き、退いた。

「次」

今度はふたつの影が、同時に斬り込んで来た。龍之介は湯掻き棒で一人を叩き伏せ、もう一人の顔面を手桶で張り飛ばした。

「次は誰だ」

人影の背後から、のっそりと長身の男が現われた。見覚えがある。

「赤原殿之介だな」

「若造、調子に乗りおって」

赤原は、大刀をさらりと抜いた。白刃が月明かりを浴びて不気味に光った。

「相良様、これを」

背後から光の声が聞こえた。後ろから光に斬られたら、防ぎようがない。だが、光は動かなかった。龍之介は湯掻き棒を構えながら、ちらりと振り向いた。

月明かりの中、光が浴衣に包んだ脇差しを差し出していた。

「おのれ……裏切ったな」

赤原が呻いた。正面から斬り込んで来る。龍之介は咄嗟に手桶と湯掻き棒を赤原に投げつけた。一瞬赤原が刀で払う間に、龍之介は光が抱えた脇差しの柄《つか》を摑み引き抜いた。

光は龍之介の全裸の姿に、そっと目を背けた。

「御免」

龍之介は光に謝り、赤原に向き直って、脇差しを青眼に構えた。

「おのれ、若造」

赤原はあらためて大刀を上段に構えた。肩に殺気が揺らめいている。ほかの人影も龍之介を白刃で囲んだ。

「曲者《くせもの》たち、私たちがお相手します」

ご隠居の鋭い声が響いた。

赤原たちの背後に、いつの間にか、薙刀を構えた女たちの姿があった。ご隠居が真ん中に立ち、左右に美帆と美紀が薙刀を構えて立っていた。さすがご隠居は薙刀の師範だっただけあり、薙刀を地面に走らせる様は凄味があった。美帆も薙刀の腕が立つ。美紀も一応構えが出来ていた。

赤原たちは動揺した。真剣で立ち合ったら、長い薙刀と短い刀では、どうしても刀に分《ぶ》がない。しかも、前に龍之介、後ろに薙刀の女たちだ。

赤原は忌々《いまいま》しげにいった。

「引け」

それを待っていたかのように、人影の群れは家の周りから駆けて逃げて行った。

「これで終わったと思うなよ」

赤原は捨て台詞《ぜりふ》を吐き、刀を腰に納めると、そそくさと引き揚げて行った。

龍之介はほっとし、刀を下ろした。

ご隠居が笑いながらいった。

「相良、おぬしのガモ、しかと見せてもらった。もういい」

「…………」

美帆も美紀も顔を背けて笑っている。

龍之介は慌てて前を隠した。

「相良様、これを、着替えです」

後ろから光が洗い立ての浴衣を広げて龍之介の肩に掛けた。

「お、かたじけない」

龍之介は浴衣に腕を通して着込んだ。

「これも、どうぞ」

光は顔を背けながら、帯と洗った褌をそっと差し出した。龍之介は急いで帯と褌を手に取り、風呂小屋に駆け戻った。褌を着け、浴衣に帯を巻いていると、外から朗らかな女たちの笑い声が聞こえた。龍之介の裸の話も聞こえてきた。

## 七

その夜、美紀は離れの控えの間に、光と床を並べて寝ることになった。美紀は、夜になると恐いと怯えていた。

龍之介は、今夜はご隠居を不寝番で警戒するので、ゆっくりお休みを、と告げた。

ご隠居は何かいいたげだったが、口を歪めて笑っただけで、何もいわず、離れに消えた。

　座敷に戻った龍之介の前に美帆が座った。美帆は周囲を見回し、声をひそめていった。

「家老原野大膳の屋敷に潜り込ませた手の者から、知らせが入りました。やはり、光は敵の回し者です。家老と赤原殿之介のやりとりの中に光の話が出てきたそうです。残念です。大事な味方だと思っていたのに。いかがいたしましょう？」

　龍之介も、風呂小屋前の立ち合いの時、赤原殿之介が「裏切ったな」と呻いたのを聞いた。おそらく、光が脇差しを龍之介に差し出すのを見てのことだろう。

「しばらく、様子を見ていましょう。それがしは、光殿を信じています」

「でも、先ほどは、相良様が風呂に入っている間に、脇差しと着物を隠したのでは？　私には、そう見えましたが」

「ですが、それがしが危ないとなった時に、脇差しを差し出してくれました。着替えの浴衣や褌まで用意してくれていました。わざと脇差しや着物を隠したと思えません」

「分かりました。いま少し様子を見ましょう」

　美帆も、まだ光が敵の回し者だと信じたくない様子だった。

「それから、もう一つ、相良様のことです。もっと早くお伝えすれば良かったのですが、遅れました。申し訳ありませぬ。手の者の聞き込んだことによると……邪魔者はご隠居に付いた用心棒の相良龍之介と判じた家老の原野は、刺客の浪人赤原殿之介に対して、ご隠居と護衛の龍之介を共に葬り去れ、と命じたといいます」

「そうですか。そんなことだと思っていました」

「どうなさいます？」

「これも、相手の出方を待つ」

龍之介は思い浮かべた。

用心棒心得三、守りに徹すべし。

龍之介は話を変えた。

「ところで、花は見つかりましたか」

「ハナ……？」

美帆は一瞬言い淀んだ。

「トリカブトのことです」

「ああ、ありました。庭の一角に、葉が出てきました。ニリンソウに似た葉でした。ですが、一部を掘り起こした跡があり、家老たちは、すでに毒を用意したと思われます。急がねばなりません」

美帆は声を落とした。

「五月様から話は聞きました。明日、楓様と真田貴祐様が、こちらに御越しになられます。あとはご隠居様次第。いよいよ、最後の段階に入ります」

「分かりました」

龍之介は大きくうなずいた。

何が行なわれるのかは、龍之介も知らない。ただ、用心棒としての務めだけは、きちんと果たすつもりでいた。

## 八

龍之介は、朝までまんじりともせず、刀を抱いて起きていた。途中、うつらうつらしたかも知れないが、記憶にはない。朝まで、拍子抜けするほど、なんの異常もなかった。

下男下女夫婦は、早起きだった。まだ暗いうちから起き出し、竈に火を入れる。囲炉裏にも薪を入れ、湯を作る。

龍之介は、井戸端で桶に水を張り、顔を洗った。木刀を肩に、家の周りを歩いて見回る。夜中に誰かが垣根の向こう側で見張っていた跡はあったが、龍之介の姿を見て、逃げた様子だった。

龍之介はいつもの素振りを行ない、軀の動きを慣らした。だが、昼間、何があるか分からないので、いつもよりは素振りの回数を減らした。

龍之介が見回りを終えて家に戻ると、美帆も光も、美紀も、ご隠居もいつもより早く起き出していた。美帆と光だけでなく、美紀までが下女と一緒に台所に立ち、朝餉の支度をしていた。美帆と光は、互いに何事もなかったように、仲良くしていた。

食事を終えたのを見計らったように、久兵衛と番頭の与吉が現われた。

時を合わせたように、御高祖頭巾の五月が現われた。五月は、中年の侍と奥方を伴っていた。

五月は龍之介に二人を紹介した。

「真田貴祐様と奥様の楓様」

「あなたが相良龍之介様ですか。ほんとにお若いお侍ですね」

楓は、じろじろと龍之介を上から下まで眺めた。真田貴祐が楓をたしなめた。

「これ、奥、失礼なことをいってはならぬぞ。五月殿によると……」

「まあ、真田様、お話は、そのくらいで。奥でご隠居様がお待ちかねです。ね、美帆、ご案内を」

「はい。では、真田様、楓様、どうぞお上がりください」

美帆はにこやかにいい、光にお茶の用意をと囁いた。光は弾かれたように台所に急いだ。

美帆は、五月に何事か目配せし、真田と楓夫婦を離れへ案内した。

五月と美帆の間柄は、どうやら美帆が上位の様子だった。

五月は龍之介の傍に寄って囁いた。

「昼前までに、藩上屋敷に上がります。場所は、ご存じですか？」

「いえ。知りません」

五月は胸元から折り畳んだ紙を取り出した。広げると江戸市中の切絵図だった。それも、切絵図の一部だった。

「藩邸は、この三味線の形をした掘割の傍にあります」

五月は切絵図のほぼ真ん中にある扇の印が付いた屋敷を指差した。五本骨扇に月丸印。秋田藩佐竹《さたけ》家の家紋だった。

「下谷七軒町《したやしちけんちよう》の秋田藩上屋敷。ここから、上屋敷に乗り込む方法は三つ。一つは、ここから大川端に出て、船に乗り、川を渡って対岸の掘割に入る。掘割を辿って三味《しゃみ》線堀《せんぼり》に入り、岸に上がれば、上屋敷の総門に至る」

「………」

「第二、第三は陸路を行くのですが、ご覧ください、東橋か両国橋のどちらかを渡らねばなりませぬ」

龍之介は切絵図を睨んだ。めざす上屋敷は、ちょうど東橋と両国橋のほぼ中間地点にあった。どちらの橋を渡っても、同じような距離だった。

東橋を渡れば、浅草界隈を抜け、さらに寺院が群がる寺町の通りを抜けて、上屋敷に至る。

両国橋を渡ったら、神田川《かんだがわ》沿いの道をやや遡行《そこう》し、逸見《いつみ》橋を渡って北に向かえば、上屋敷に至る。

ただし、仕舞屋から東橋に行く距離の方が、仕舞屋から両国橋に行く距離よりも、ほぼ倍ほど長い。だが、両国橋の賑わいを行くよりも、静かな寺町を抜ける方がより安全だった。

「この三つのうちのどれかを選ばねばなりません。しかし、どの道を選ぶにしろ、原野大膳一派は襲って来るでしょう」

「では、どれを選ぶことになりますか？」

「さあ。ご隠居様は、これまで徘徊し、丹念に地の利をお調べになっていました。きっと、甲乙丙《こうおつへい》のどれかに……」

「甲乙丙ですか？」

龍之介は戸惑った。

五月は笑いながらいった。

「相良様には申し上げていませんでしたね。船を使って掘割を行くのが甲、東橋を渡る道が乙、両国橋を行くのが丙です。この三択のどれかで行きます」

「分かりました。船であれ、徒歩《かち》であれ、甲乙丙のいずれでも、拙者は大丈夫でござる」

五月は龍之介に耳打ちした。

「最後は、上屋敷の門扉《もんぴ》を開かせ、ご隠居様を先頭に、証言者の美紀、楓が入場します。その後は、ご隠居様のご計画通り、奥方様にお迎えいただき、ことを決行します」

「分かりました。それがしの任務は」

「無事、ご隠居様、美紀を上屋敷まで送り届けること」

「楓殿は、いいのですか？」

五月はふっと笑った。

「楓はご主人様の護衛が付いて、先に上屋敷に乗り込み、奥方様にお会いになられます」

「了解です」

龍之介は切絵図を返そうとした。五月は手で押し止めた。

「これは、相良様がお持ちになっていてくださいませ」

離れから光が現われた。

「五月様、離れにどうぞ。ご隠居様が御呼びです」

「はい、ただいま参ります。相良様は？」

「それがしは、呼ばれていませんので、ここでお待ちします」

五月は黙ってうなずき、光とともに離れへ消えた。

龍之介は大刀を抱え、柱に寄りかかった。眠気が襲ってくる。徹夜のせいだ。

座敷に残った番頭の与吉も、手持ち無沙汰な様子で、置いてあった黄表紙をめくっていた。

うとうとしているうちに、久兵衛が慌ただしく出て来た。

「番頭さん、ちょっと」

「へえ。なんで」

「私と一緒に来ておくれ。大川端で何艘か船を用意します」

「へい」

与吉は立ち上がり、玄関先に急いだ。

龍之介は、甲に決めたのだな、と思った。

久兵衛は龍之介にちらりと目を走らせた。

「甲に決まったのですね？」

龍之介は久兵衛に囁いた。

「いえ。これは陽動作戦です。船はご隠居様や美紀様をお連れする上で、一番楽ですが、敵も、私たちがきっと船で行くと考えている。だが、船は、船をぶつけて沈めることができるし、船を寄せて乗り移ることもできる。たいへん危険です。でも、船を使うと見れば、船を阻止する対応を取らねばならない。敵の勢力を分散できましょう」

久兵衛は、それだけいうと、足早に玄関から出て行った。

しばらく離れでの作戦の詮議は続いていた。やがて、終わったらしく、足音がして、美帆と光と一緒に、楓と真田貴祐夫婦が現われた。

「では、このあとは、真田貴祐様と楓様にお任せします。よろしくお願いいたします」

美帆は真田夫婦にふかぶかとお辞儀をした。

「それがしたち、二人の力を合わせ、奥方様を口説《くど》き落とします。お任せくだされ。美帆殿の方こそ、うまくご隠居を上屋敷にお連れくださ い」

「上屋敷でお待ちしております」

真田貴祐と楓は、美帆と光、そして龍之介にも頭を下げた。

真田夫婦が玄関から出て行くと、美帆は龍之介に向いた。

「相良様、いろいろ詮議した結果、乙となりました」

「東橋ですか」

龍之介の問いに美帆は静かにうなずいた。

「浅草から寺町の通りを抜けて行くのは、まだ安全かと。大勢の目がありますし。それで、ご隠居様は、乙で行くとご決断なさいました」

「そうですか」

龍之介としては、道に慣れた両国橋を渡る道の方がいいと思っていたのだが、口には出さなかった。用心棒が、雇い主の決定に口を出すのはまずい。

美帆は光に向き直った。

「光、駕籠の手配は？」

「済ませました。扇屋様にお願いして宝泉寺駕籠を二挺呼んであります。もちろん、まだ行く先は告げてありません」

「どこに着けるように呼んだのですか？」

「ここと分からぬよう、すぐ前の雑木林の向こう側の路地に来てもらうようになっているはずです」

「結構です。じゃあ、源さんに来ているかどうか、見て来てもらいましょう」

光がすかさずいった。

「いえ。私が行って参ります。駕籠舁きたちが来ていたら、上屋敷までの通り道を教えてきます」

「では、光にお願いします」

美帆は微笑み、うなずいた。

光はいそいそと下駄を履き、玄関から出て行った。

「うまくいくといいのですが」

美帆は浮かぬ顔で呟くようにいった。

龍之介は光の後ろ姿を見ながらうなずいた。

「大丈夫。きっと光殿は裏切るようなことはしません」

龍之介は光が原野大膳のために働いていないことを祈った。

「駕籠が待っていたら、すぐに出ます。いまのうちにご用意を」

「分かりました」

龍之介はうなずいた。すでに動きやすい裁着袴《たつつけばかま》を穿いている。脚に脚絆《きゃはん》を巻き付け、足袋も厚い底のものを履いていた。

刀から下緒《さげお》を外し、手早く襷掛けした。襷で袖を絞り、動きやすくした。

美帆は小声でいった。

「ところで、相良様、ご隠居様が選んだのは、本当は丙です。乙ではありません」

「なんと、両国橋を渡るのですか」

「ご隠居様は、初めから丙の両国橋を渡る道を指定していました」

「本当ですか」

龍之介は驚いた。美帆もご隠居も、光を敵側の内通者と見て、嘘をついていたのか。

美帆は、まったく光を信じていなかったのだ。美帆はあくまで冷徹に光を敵の回し者と見ていたのか。

騙したのか、と龍之介は、腹が立った。同時に悲しかった。美帆もご隠居も、光を騙し、光を信じているそれがしのことも騙した。

美帆は平然といった。

「光は、きっと原野大膳の手の者に、この東橋を渡ると伝えると思います。その裏をかいて両国橋を渡ります」

「…………」

うまくいけばいい、と美帆がいったのは、光が敵に乙で行くと通報してくれることを願ってのことだった。

龍之介は何もいわなかった。用心棒は、口を出すべきではない。

「私も出発の用意をします」

美帆は手早く白襷を掛け、袖を絞った。すでに、外出用の白足袋を履いている。足には脚絆を巻き付けていた。

胸の帯には、懐剣が差し込んである。

美帆は座敷の鴨居《かもい》に掛けてあった薙刀を下ろした。さらりと鞘を払い、長い刃を確かめた。そして、また鞘に納めた。

離れから、五月、ご隠居と美紀の三人が現われた。ご隠居と美紀はともに留袖に白い外出着を着込んでいた。五月は、御高祖頭巾を脱いでいた。島田髷の頭に白い鉢巻きをきりりと締めていた。

三人とも、帯の胸に懐剣を差していた。

「私と美紀は、宝泉寺駕籠に乗ります」

「ご隠居様、私は五月様や美帆様と同様に徒歩で御供をしたいのですが」

美紀は悲しそうな顔をした。

「なりませぬ。美紀はたいへん重要な生き証人。駕籠に乗って行かねばなりません。それに、美紀には、戦《いくさ》は無理。しばらく薙刀も握っていないでしょう?」

「…………」

「大丈夫、美帆も五月も、薙刀の遣い手、並の男では歯が立ちません。二人とも、私が手塩にかけて育てた薙刀の名手です」

ご隠居は意気揚々としていた。

美帆が奥の部屋から、もう一本の薙刀を持って来て、五月に渡した。五月もいつの間にか、白襷姿になっていた。

「相良、たとえ、敵の裏をかいて、両国橋に出るとしても、油断はできませんよ。敵はどこに現われるか分かりません。その時は、私よりも、美紀を守ってください。いいですね。美紀を上屋敷に送り届けること、それがあなたの仕事です。いいですか」

「はい。分かりました。しかし、それがし、ご隠居をお守りするのが務め。ご命令通り、同時に美紀殿もお守りします。お約束します」

「二兎《にと》を追うものはなんとやら、という諺《ことわざ》もありますからね。でも、まあ、いいでしょう。そういう気概を持っているのは頼もしい」

ご隠居は額に皺を作って笑った。いままで見たことのない、穏やかな笑みだった。

玄関に慌ただしく光が戻って来た。

「駕籠が二挺参っています」

光の顔が紅潮していた。走って戻って来た様子だった。龍之介は、光が気の毒だった。だが、ここは心を鬼にして、何もいわなかった。

「ご苦労さん。では、出陣しましょう」

ご隠居はいつの間にか、小太刀を一振り手に携えていた。

「ご隠居様、しばしお待ちを。それがしが、外の様子を」

龍之介は急いで玄関先に出た。腰の大小が重い。あたりに怪しい人影はない。

正面に雑木林がある。駕籠はその林を抜けた先にある。

「では、林まで、急いで」

龍之介はご隠居と美紀に合図し、先に立って走り出した。ご隠居たちが続き、そのあとを、薙刀を小脇に抱えた美帆と五月が追う。

光が大声でいった。

「美帆様、私、あとから追いかけます」

「光、おまえは来るな。ここに残りなさい」

「どうしてですか?」

光の声が悲鳴のように聞こえた。

「光、あなたは裏切り者だ。私たちが戻る前に出て行きなさい。そうすれば見逃します」

光の嘆く声が聞こえた。

龍之介は振り返らず、雑木林の小道に走り込んだ。いつも素振りをする空き地を駆け抜ける。悲しかった。光は敵への内通者なのか。龍之介にはまだ信じられなかった。

林を出た先の道に二挺の宝泉寺駕籠が並んでいた。駕籠舁きたちは道端にしゃがみ込み、のんびりとキセルを吹かしていた。

「駕籠舁き、出発するぞ」

龍之介は怒鳴り、駕籠の引き戸を開いた。ご隠居を招いて、駕籠に乗せた。

美帆が二挺目の駕籠の引き戸を開けた。美紀が乗り込んだ。

駕籠舁きたちは、駕籠を担いだ。

「東橋でやすね」

「変更だ。両国橋に出る」

「両国橋ですか。合点でさあ」

駕籠舁きたちは、駕籠の方角を両国橋に向けた。掛け声をかけて、道を走り出した。

先頭を龍之介が行く。一挺目のご隠居の乗った駕籠が続き、薙刀を抱えた美帆が脇に付いた。

二挺目の美紀が乗った駕籠には、薙刀を小脇に抱えた五月が付いた。

二挺の駕籠の行列は、竪川と並行して走る道に折れた。あとは真直ぐ進めば、回向院の脇を抜けて、大川端の蔵屋敷街に突き当たる。突き当たったら、左手に行けば、両国橋の袂の広場に出る。

「お待ちくださーい」

光の叫び声が聞こえた。必死に叫んでいる。

「そっちへ行ってはいけません。敵が待ち伏せしていますッ」

龍之介は走るのをやめた。駕籠の行列は回向院の脇に差しかかっていた。

「相良様、行きましょう。内通者の声は無視しないと」

美帆が叫んだ。

龍之介は駕籠昇きたちに待てと合図した。

駕籠昇きたちは、駕籠を下ろした。

光は必死に追いかけて来る。龍之介の心が乱れた。必死に追って来る光が可哀相になった。

龍之介は光の声の方を見た。その時、ふと背後に殺気を感じた。

龍之介は思わず振り向いた。回向院の生け垣の陰から殺気は放たれている。

「相良様、なぜ、止まるのです」

美帆が責めた。一挺目の駕籠の引き戸が開いた。

「相良、どうした？」

「お待ちください。そちらは危険です。待ち伏せしてます」

光が薙刀を担いで、必死に駆けて来る。

「待ち伏せだと？」

ご隠居が訝しげな顔をした。

「はい。光殿がこちらには待ち伏せがいると叫んでいます。それがしも、この先に、殺気を……」

美帆も五月も、周囲から迫る殺気を感じている様子だった。そこへ、あたふたと、光が駆け込んで、龍之介の脇にへたり込んだ。

「ご隠居様、こちらには……」

その時、ばらばらっと七、八人の人影が、生け垣や蔵の陰から現われ、駕籠の周囲を取り囲んだ。

「出たあ」「賊が出たあ」

駕籠舁きたちは、四方に散って逃げ出した。

赤原殿之介が龍之介の前に立ち塞がった。

「ご苦労、光、よく知らせてくれた」

「しったげ、ごしゃる！」

光は立ち上がり、薙刀を振るって、赤原に斬りかかった。

「光、何を血迷ったのだ」

赤原は嘲り笑い、刀で薙刀を叩き落とした。次の瞬間、赤原の刀が光の喉元に延びた。瞬間、龍之介は赤原の体に体当たりして撥ね除けた。赤原は道脇に転がった。

赤原の刀の刃は、転がる直前、光の腕を斬っていた。

龍之介はすかさず、抜刀した。

「光殿、大丈夫か」

龍之介は光を背に庇い、叫んだ。

「はい、なんとか」

光の弱々しい声が返った。

「光殿、おぬし、それがしは、信じていたのに」

「相良様、たしかに、私は内通していました。原野大膳から家族を殺すと脅されていたのです。だから、偽の情報を渡したのです」

「偽の情報だと？」

ご隠居が訝った。

「乙の東橋を行くとお決めになったので、赤原殿には、丙の両国橋に行くと」

赤原が吠えた。

「そうか。光、おぬし、わしらを裏切り、騙そうとしたのか。小賢《こざか》しい女だ」

赤原が立ち上がり、着物についた土や泥を叩いて払った。

「だが、残念だったな。裏をかいたつもりが、表になったのだからな。ははは」

赤原は嘲笑った。

「光、しっかりして」

美帆の介抱する声が聞こえた。ご隠居の声が龍之介の耳に聞こえた。

「美帆、五月、襷を解いて止血して。大量に血が噴き出ている。このまま血が止まらないと、光は死ぬ」

龍之介は後ろを見ないでいった。

「光殿、死ぬな。いいか、死ぬなよ」

「相良様……」

光の弱々しい声が答えた。

「おうおう、泣けるねえ。恋する乙女の哀れな末路、芝居じゃないけど泣かせるじゃねえかい」

「赤原殿之介、許せぬ」

龍之介は呼吸を整え、刀を青眼に構え、半眼になった。

「斬る！」

「おもしれえ、お相手しようじゃねえか」

赤原は刀を右上段に構えた。

「常々、生意気な青二才と思っていたんだ。ここで勝負をつけようじゃねえか」

「おぬしの流派は？」

「神道無念流。そういう若造の流派は？」

「真正会津一刀流」

「なに、おぬし会津の田舎侍か」

「…………」

龍之介は、半眼で赤原の動きを睨んだ。

神道無念流は対戦したことがない。どんな剣法なのか。

赤原は無言になった。両肩に殺気が膨れはじめた。赤原の右足がじりじりと前に進んでいく。

一瞬、赤原の軀が龍之介に向かって飛んだ。龍之介は左に飛び退き、刀を一閃《いっせん》させた。

赤原の髷が切れて、ぽとんと地面に落ちた。

「なに、武士の魂を」

赤原はざんばら髪を振り乱し、龍之介に向かって突進した。龍之介はひらりと体《たい》を躱し、左に飛び退いた。振り向き様に、今度は刀を赤原の背中に振り下ろした。赤原の背中が縦に斬り裂かれた。龍之介は左に飛び退いたまま、残心した。

赤原は駕籠の前に立ち竦んだ。赤原の背中の帯や小袖が真っ二つに切れ、はらり地面に落ちた。赤原は丸裸になっていた。最後に残っていた褌の紐が切れて、褌がはらりと地に落ちた。赤原は慌てて前を隠した。

いつの間にか周りに集まっていた野次馬がどっと笑った。

「おのれ、畜生。覚えておれ」

赤原は斬られた着物や帯を掻き集め、前を隠しながら、回向院の境内に逃げて行った。

龍之介は、周囲を囲む浪人たちに刀を向けた。

「さあ、次は誰だ。遠慮なくかかって来い」

浪人たちは、頭の赤原がいなくなったので、みな一斉に逃げ出した。

「相良様、お見事、よくぞ我慢なすった」

大川端の方から、久兵衛と与吉が現われた。

龍之介は刀を腰に納め、光の傍にしゃがみ込んだ。光は美帆の腕に抱かれていた。

血の気を失い、青ざめている。死相が表れている。

「光殿、しっかりしろ。それがしがついておるぞ」

龍之介は光に声をかけた。光は目を開いた。紫色になった唇をぶるぶると震わせている。

何かいいたげだった。龍之介は光の口元に耳を寄せた。

おめえのごと……、しったげすきだや……。

龍之介は顔を上げた。

「光殿、しぬな。しぬなよ」

どこかに医者はいないか、と龍之介は見回した。久兵衛と与吉が駆け付けた。

「これはひどい。すぐに医者に連れて行かねば。番頭さん、深川に蘭医《らんい》がいたな」

「へい。います。連れて行きましょう」

「頼む、与吉さん」

龍之介は祈るようにいった。

与吉は光を背負い、小走りに回向院の境内に走り込んだ。久兵衛があとについた。

「相良様、ご隠居の方をよろしく頼みますぞ」

「は、はい」

龍之介は我に返った。自分は用心棒だ。

ご隠居も美紀も、駕籠舁きがいなくなったので、どうしようか、とおろおろしていた。

ここから両国橋は目と鼻の先だ。両国橋を渡れば、あとは上屋敷まで駆け抜けるしかない。真田貴祐と楓が首を長くして待っている。こうなったら最後の手段だ。

龍之介はご隠居の前に背を向けてしゃがんだ。

「ご隠居、背に」

「おう、相良、悪いのう」

ご隠居は龍之介の背中に乗った。

「美帆殿、五月殿、美紀殿をお連れして、強行突破しましょうぞ」

「はい」

美帆と五月は気を取り直して返事をした。美紀も駕籠から降りて、一緒に歩くつもりでいた。

龍之介はご隠居の尻を抱え、両国橋に向かって走り出した。

ご隠居を背負った龍之介の後ろに、美紀が続き、さらに薙刀を抱えた美帆と五月が駆ける。

目の前の人込みが龍之介たちの異様な行列に、左右に割れて道を開いた。

# 九

いくら軽いといっても、人を背負って走るのはしんどい。

龍之介たち一行が、三味線堀の畔《ほとり》に建った秋田藩上屋敷に着いた時、龍之介は門前にへたり込んだ。

薙刀を持った美帆も五月も、へなへなと座り込む。なんとか走り切った美紀はご隠居に駆け寄った。

龍之介はご隠居を背から下ろした。

「ご苦労じゃった」

門前には襷掛けの侍たち、数十人が待ち受け、ご隠居や龍之介たちを取り囲んだ。

「おぬしら、ここをどこだと思うておる。天下の佐竹秋田藩の門前だぞ。何をしに参ったのだ」

侍大将が大声で威嚇《いかく》した。

ご隠居がしゃんとして立ち上がり、大声で叫んだ。

「御上と奥方様に申し上げる。わらわは、大奥の元上老女のお嶺と申す。家老原野大膳に陰謀の企てあり。そのことを告発すべく参上いたした。開門開門」

侍たちは大笑いした。

「何が大奥の元上老女だ。引退した耄碌婆あめ」

「そこ退け、そこ退け。おぬしらの来るところではないぞ」

龍之介は進退窮まり、ご隠居を見た。ご隠居はいたって平然とし、なおも、「開門開門」と大音声《だいおんじょう》を上げていた。

侍たちの背後から、恰幅《かっぷく》のいい侍が現われた。家老の原野大膳である。

「お嶺殿、あいにくだが、御上も奥方様も御不在だ。それに会いたくないと申されている。このまま帰るのだな。でないと、刀にものをいわせてお帰りいただくことになるぞ」

侍たちは、どっと笑った。

その時だった。表門の門扉がゆるゆると開いた。門の奥に、三階建ての堂々たる威容を誇る館が現われた。

龍之介は唖然として、藩邸の館に見とれた。

そこに、ぞろぞろと薙刀を小脇に抱えた御女中たちが姿を現わした。大奥の御女中たちだった。御女中たちは、一斉に薙刀を構え、侍たちに対峙《たいじ》した。

御女中たちの前に、楓と夫真田貴祐が姿を現わした。その背後から、豪華な打掛けを羽織った奥方様が現われた。

「下がりおろう」

御女中頭《がしら》が黄色い声で叫んだ。

「奥方様ですぞ。頭《ず》が高い。下がれ下がれ」

侍たちは動揺し、畏れ入って、地べたに座り込んだ。奥方様が笑顔でいった。

「お嶺の方、久しぶりよのう。よく参った。さあ、遠慮なく、館に入れ」

ご隠居はうなずき、美紀を連れて、奥方様の招きに応じて、門の中に入って行った。

美帆と五月がついて行く。

龍之介は、その場に立ち尽くし、ご隠居たちを見送った。薙刀を持った御女中たちは、一斉に門の中に入って行った。襷掛けした侍たちもぞろぞろと門の中に姿を消して行く。

いつの間にか、家老原野大膳の姿も消えていた。

門扉は再びぴたりと閉じられた。

龍之介は背筋を伸ばして大欠伸《あくび》をした。

これにて用心棒のお役目を無事果たしたと安堵した。

龍之介は晴れ晴れとした気持ちで、上屋敷をあとにした。

十

その後、どうなったかについての報告はない。ご隠居も久兵衛も、知ってはいるのだろうが、保秘《ほひ》ということで、口にしないのだ。

しかし、人の口に戸は立てられぬの喩《たとえ》通り、人の噂として、いろいろな情報が入っては来た。

家老原野大膳と中老虎石主水の二人は、役職を追われ、切腹した。原野大膳一派は大粛清されて、藩政は清く正しいものに戻った云々。だが、すべて噂で、裏の取れた話ではない。瓦版《かわらばん》に秋田藩の揉め事が、おもしろおかしく載ったが、すぐに消えた。

龍之介の用心棒最後の日の朝になった。

目覚めて台所に現われたご隠居は、朝餉を摂っている龍之介を認めた。

「お。おまえは、見慣れぬ顔だな。奥方様は、また新しい供侍を寄越したか」

ご隠居は龍之介の顔をまじまじと見つめた。

龍之介は笑いを噛み殺し、ご隠居に頭を下げた。

「名はなんと申す？」

「は、相良龍之介と申します」

「若いな。青二才が勤まるかのう。おぬし、いくつだ？」

「数え十九、いや、昨日、二十歳になりました」

「そうか。二十歳になったか。おめでとう」

「ありがとうございます。ところで、残念ですが、本日で、それがし、暇《いとま》をいただきたく存じます」

「暇だと。さようか。では、さらばだ」

ご隠居は、素っ気なく笑い、踵を返して、離れに行こうとした。が、突然、足を止め、くるりと振り返った。

「龍之介、惚けの芝居は楽しかったぞ」

「やはり」

「達者で暮らせよ」

ご隠居はそそくさと離れに引き揚げて行った。あとから、美帆と美紀が追った。

久兵衛が龍之介を労った。

「相良龍之介様、お疲れ様でした」

「いや、おもしろかったでござる」

「これにて、私は初心者用心棒の相良様の傅役《もりやく》は下ります。これからは、独り立ちしていただきます」

久兵衛はにこやかにいった。

龍之介は板の間を見回し、光の姿を捜した。

光は五月に付き添われ、秋田に帰ったと聞いた。一言の挨拶も残さずに。もう二度と光の姿を見ることはあるまい。それが、唯一の心残りだった。　［完］

# 参考文献（順不同）


早乙女貢著『会津士魂』シリーズ（集英社文庫）

篠田鉱造著『増補幕末百話』（岩波文庫）

花咲一男監修『大江戸ものしり図鑑』（主婦と生活社）

本田豊著『絵が語る　知らなかった江戸のくらし　庶民の巻』（遊子館）

善養寺ススム絵・文　江戸人文研究会編『絵でみる江戸の町とくらし図鑑』（廣済堂出版）

笹間良彦著画『大江戸復元図鑑〈武士編〉』（遊子館）

笹間良彦著画『大江戸復元図鑑〈庶民編〉』（遊子館）

佐々悦久編著『大江戸古地図散歩』（新人物文庫）

歴史群像編集部編『時代小説用語辞典』（学習研究社）

時代小説

二見時代小説文庫

# 用心棒稼業《ようじんぼうかぎょう》 会津武士道《あいづぶしどう》 7

二〇二四年 二 月二十五日 初版発行

著者 森《もり》 詠《えい》

発行所 株式会社 二見書房
〒一〇一-八四〇五
東京都千代田区神田三崎町二-一八-一一
電話 〇三-三五一五-二三一一［営業］
〇三-三五一五-二三一三［編集］
振替 〇〇一七〇-四-二六三九

印刷 株式会社 堀内印刷所
製本 株式会社 村上製本所

落丁・乱丁本はお取り替えいたします。定価は、カバーに表示してあります。

 ISBN978-4-576-23158-7
https://www.futami.co.jp/

# 氷月 葵

## 神田のっぴき横丁

シリーズ

以下続刊



次は勘定奉行か町奉行と目《もく》される三千石の大身旗本真《ま》木《き》登《と》一《いち》郎《ろう》、四十七歳。ある日突如、隠居《いんきょ》を宣言、家督《かとく》を長男に譲って家を出るという。いったい城中で何があったのか？ 隠居が暮らす下《しも》屋敷は、神田《かんだ》のっぴき横丁に借りた二階屋。のっぴきならない人たちが〈よろず相談〉に訪れる横丁には心あたたまる話があふれ、なかには〃大事件〃につながることも……。心があたたかくなる！ 新シリーズ！

栄次郎江戸暦
小杉健治